**ROBERT BRACK**, Jahrgang 1959, lebt in Hamburg. Er wurde mit dem »Marlowe« der Raymond-Chandler-Gesellschaft und mit dem Deutschen Krimipreis ausgezeichnet. *Schwarzer Oktober* ist sein vierter historischer Kriminalroman um Klara Schindler nach *Und das Meer gab seine Toten wieder* (2008), *Blutsonntag* (2010) und *Unter dem Schatten des Todes* (2012).

Robert Brack

# SCHWARZER OKTOBER

Kriminalroman

Edition Nautilus

Edition Nautilus GmbH
Schützenstraße 49 a
22761 Hamburg
www.edition-nautilus.de

Deutsche Erstausgabe September 2023
Umschlaggestaltung: Maja Bechert
www.majabechert.de
Porträt des Autors Seite 2:


FSC
www.fsc.org
MIX
Papier | Fördert gute Waldnutzung
FSC® C083411

Druck und Bindung:
CPI – Clausen & Bosse, Leck
1. Auflage
ISBN 978-3-96054-326-8

*Ich prallte auf Stock und Stein. Ich schlug wild im Strom um mich und entdeckte Muskel und Geist und Auge an mir. Und alles, was mich umgab, war ein Urwald.*

Ketty Guttmann

# Im Keller

Sie haben mein Kellerloch verwüstet und meine Aufzeichnungen durcheinandergeworfen, mein Leben zerrissen. Die Tinte ausgekippt, den Federhalter zerbrochen. Mein Tagebuch ist zerfetzt wie meine Erinnerung.

Sie haben die Zimmertür eingeschlagen, dabei hätte ein kleiner Schubs genügt. Sie sind hereingetrampelt, haben die Kiste umgeworfen und mit gierigen Händen nach den Kladden gegriffen, die Seiten zerknickt, zerknüllt, zerrissen. Haben beiseitegeworfen, was sie nicht brauchten, und was ihnen von Wert erschien in ihre Taschen gestopft (Nachbarn haben Männer in schweren Mänteln gesehen). Ihr Schweißgeruch hängt noch in der Luft.

Natürlich, das Wertvollste! Die Seiten mit den klingenden Namen, vibrierenden Sätzen, pulsierenden Worten. Die Seiten, die davon berichten, wie ich zum Leben erweckt und wieder getötet wurde. Die Seiten, die davon berichten, wie ich in dieses Kellerloch geriet, daraus befreit und wieder hineingestoßen wurde.

Aber ich will aufbegehren. Erinnerung bewahren. Worte bewahren, Namen bewahren. Wer weiß, wer eines Nachts vor der Tür steht? Sollte es geschehen, und sei es nur im Traum, will ich mich an ihre Namen erinnern: Selma, Jakob, Ketty. Andere Namen will ich vergessen, verbannen wie die von Dämonen.

Es ist nämlich so, dass man Erinnerung tatsächlich beschmutzen kann, wenn man zulässt, dass jemand die Bilder mit Dreck bewirft. Da ist ein Wille in der Welt, der mit zerstörerischer Wut alles niederwalzt, was Leben und Freiheit und Glück bedeutet. Woher kommt er? Wer hat die Stiefel erfunden, die das Gras zertrampeln? Woher stammt dieser Geist der Vernichtung, dieser Dämon, der auch in den Schädeln der Unsrigen steckt? »Allesamt ein Noskiden-Pack! Auf beiden Seiten!« Das hat Ketty gesagt, und ich habe sie nicht verstanden. Auch wenn ich nun weiß, was sie meint … es widerstrebt mir doch.

Trotzdem! Ich schreibe! Tunke eine neue Feder ins Tintenfass. Ich werde die leeren Seiten füllen, die zerrissenen zusammenfügen. Vielleicht verstehe ich dann alles besser. Vielleicht verstehe ich euch dann besser … Selma, Jakob und Ketty … Ernst und Nosch … Maria … und was ich zu Papier bringe, schreibe ich mit leuchtenden Buchstaben in meine Erinnerung. Will es allen erzählen, denn nur Dämonen leben von Geheimnissen.

Ich gebe zu, ich bin vorsichtig geworden. Neben dem Tintenfass liegt der Revolver.

## 1923

30. Juni
Manchmal überfällt mich eine derartige Sehnsucht, dass ich das Gefühl habe, innerlich zerfleischt zu werden ...

1. Juli
Kopfschmerzen, es ist Sonntag. Natürlich Kopfschmerzen! Weil ich die gekräuselten Lippen, die faltigen Brüste und die fleckigen Hände mit den roten Nägeln und den langen Zigarettenspitzen, den blauen Lidschatten, die gefärbten Goldlöckchen nicht mehr ertragen kann. Ich musste die Tür abschließen heute früh, als sie betrunken durch den Flur tapste, um mich endlich »zu lieeeben«, wie sie sagt, dabei war es ausgemacht, dass es dazu nicht kommt. Sie wird mich rauswerfen, heute wird es so weit sein. Oder morgen, wenn sie ihr Elend überwunden hat. Dann muss ich mir eine neue Kuh zum Melken suchen. Wie tief bin ich gesunken! Aber die Kühe haben eine Weide, und darauf wachsen zarte Scheine – doch deren Farben verbleichen Tag für Tag. Reichsmarkscheine haben die Farbe von verdorrtem Gras. Aber die Kuh hat auch eine Weide mit frischem Dollar-Grün.

Das ermöglicht uns, private Klubs und Bars zu besuchen und Champagner zu trinken, damit wir ordentlich Kopfschmerzen bekommen. Denn Goldlöckchen wiegen zwar schwer, aber nicht schwer genug, um ins Taumeln zu geraten. Was jede Nacht aufs Neue ihr Ziel ist, denn dann muss ich sie unterfassen und nach Hause schleppen. In der Freundin-Bar war es in dieser Hinsicht günstiger gewesen, denn da war bestenfalls eine Hand auf dem Oberschenkel oder Unterarm erlaubt. Ich war nur »Gesellschafterin«.

Selige Zeiten. Arme Zeiten. Jetzt bin ich eine Kurtisane. Ich muss sie verlassen. Doch zur »Freundin« kann ich nicht zurück, weil das Geld, das man dort verdient, nicht genügt.

Daher mein Versuch, mich als Diebin zu betätigen. Aber als ich gerade dabei war, auf dem Klosett die grünen Scheine ins Strumpfband zu schieben, sprang mir die Chefin ins Gesicht (sie hat für alle Klosetts einen Schlüssel) und warf mich raus (zwei Ohrfeigen kassierte ich obendrein!). Goldlöckchen hat mich aufgelesen, war mir gar nicht böse wegen der grünen Scheine, und nahm mich mit. Seitdem bin ich ihre »Gefangene des Herzens«, wie sie sagt.

Ich widere mich an.

5. Juli

Drei Tage konnte ich sie hinhalten, bis gestern, da drängte es sie: »Hinaus! Wir wollen leben!« Wieder eine neue Bar. Diesmal gemischt. Und verrucht. Mit Séparées. (So will sie es jetzt also versuchen, dachte ich. In der Öffentlichkeit, wenn es schon zu Hause nicht klappt.) Goldlöckchen ist auf die Idee verfallen, sich jugendliche Unterstützung zu holen. Ihr Plan: Die Lange mit dem kupferroten Bob und der rauchigen Stimme, der sowohl Brüste als auch Hüften fehlen und an der das Kleid wie ein Handtuch herabhängt, sollte mich bezirzen. Und dann leitet Goldlöckchen die Jugend an beim »Lieeeben« im Séparée. Die beiden diskutierten allen Ernstes über Literatur! Ich fand einen jungen Kerl, den ein Dicker mit schmaler Brust und prallem Gesäß mitgebracht hatte. Jakob war lustig. Wir hockten in der Ecke und lästerten. Jakob mit seinen blonden Locken und der spitzen Nase. Er spendierte Cocktails. Wir erfanden bürgerliche Biografien für die anwesenden Nachtvögel und lachten uns kaputt. Ich war so betrunken, dass ich schon Hoffnung hegte, Goldlöckchen und die Lange könnten zu zweit ins Séparée verschwinden. Aber da standen sie vor uns. Und der Dicke auch gleich mit. Jakob und ich taten so, als hätten wir plötzlich die Liebe fürs andere Geschlecht entdeckt. Und schon flogen wir raus.

Wir waren beide so betrunken, dass wir kaum noch stehen konnten. Wir taumelten durch Seitenstraßen und weil wir beide keinen roten Heller mehr hatten, versuchten wir, uns gegenseitig an Passanten zu verkaufen. »Darf ich vorstellen«, sagte Jakob zu einem einarmigen Offizier in Uniform, »das ist meine Zuhälterin.« Ich weiß nicht, was er daran lustig fand. Der Soldat hob den Arm. Eine Klinge blitzte auf. Und schon lagen wir blutend in der Gosse. Der Kerl beugte sich über uns. Die eine Hälfte seines Gesichts sah aus wie Pergament. Der Dolch in Form eines Kreuzes verschwand unter seinem Mantel.

Dann verloren wir uns, und ich die Orientierung. Ich suchte nach Jakob, bis ich zusammenbrach und liegen blieb. Gekotzt habe ich wohl auch.

Da hob eine Stimme mich hoch und sagte: »Wenn du hier in der Straße anschaffst, musst du organisiert sein.« Ich protestierte: »Ich bin nur eine gute Freundin!« Die Stimme: »Eins ums andere ist es das Gleiche.« Sie schleppte mich in ein Hurencafé, wo sie mich sehr ungnädig musterten. Die Stimme gehörte zu einer schmalen Person im langen Rock mit Jumper und Baskenmütze. Sie drückte mir eine Zeitung in die Hand: »Der Pranger – Organ der Hamburg Altonaer Kontrollmädchen«. Ich behauptete, damit hätte ich nichts am Hut. Sie sagte: »Du solltest dir mal einige Gedanken machen.«

»Ich bin kein Kontrollmädchen!«

»So? Und wo kommst du her?«

»Aus dem Proletariat!«

Sie lachte: »Und wo willst du hin?«

»In den Kommunismus!«

Jetzt lachten sie alle. Konnten sich kaum mehr einkriegen. Ich weiß nicht, was mich geritten hat, so dumm zu reden. Ich hatte schon Monate keine Fabrik mehr von innen gesehen.

»Und wie willst du da hinkommen?«

»Mit der Kraft meiner Feder!« Nie war ich blöder als in jener Nacht.

»Wie heißt du?«

»Klara!«

»Ich bin Ketty. Komm mal bei uns vorbei, wenn du wieder nüchtern bist. Wenn du schreiben kannst ...«

Dann war sie weg und die anderen Organisierten schmissen mich raus, weil ich ihnen nicht gefiel. Oder vielleicht auch, weil ich nach Erbrochenem stank.

»Pass auf, dass der Schnitter dich nicht holt!«, gaben sie mir mit auf den Weg. Ich verstand noch nicht, was sie damit meinten.

Ich hatte einen Schlüssel und schlich in Goldlöckchens Wohnung. Durch die halboffene Tür ihres Schlafzimmers konnte ich hören, dass sie die »Lieeebe« gefunden hatte – kehliges Gurren und rauchiges Stöhnen. Ich zog mein schäbiges Kleid an, auch den Mantel, denn es hatte angefangen zu regnen, setzte mir die alte Strickmütze auf, so schräg wie Ketty ihr Beret, und holte den Tornister mit meinen Habseligkeiten aus dem Schrank. Dann schlich ich davon. (Im Davonschleichen bin ich gut.)

Ich nahm eine der ersten Ringbahnen und fuhr und fuhr und fuhr. Irgendwann, mein Magen rumorte, stieg ich aus. Flurstraße. Die ging ich entlang. Dorthin, wo die Fabriken sind. In einem Café aß ich ein Hörnchen, trank eine Tasse Bohnenkaffee. Stapelte die letzten bleichen Scheine und reichte sie der weißbeschürzten Kellnerin. In der Sparkasse wechselte ich ein paar grüne Scheine. Ging durch Seitengassen. Stieg über Kisten und Kartons, Haufen von Unrat. Fragte nach einem Zimmer. So fand ich mein Kellerloch.

(Wenn das der Bibliothekar wüsste, dieser verlogene Sozialdemokrat, der mich zum Lob seiner verstorbenen Frau, meiner Mutter, in höhere Sphären heben wollte als Pianistin, als leuchtendes Beispiel angeblicher Emanzipation – »Freiheit verdienst du dir durch Fleiß und Arbeit, Klara!« –, und mich dann in den Armen der Klavierlehrerin ertappte.)

10. Juli
Ich habe mal ein Buch gelesen über New York. Darin wurden Straßenschluchten beschrieben, in denen die heiße Lebensgier tobt und Dampfschwaden die Luft schwängern. Im Vergleich dazu lebe ich in einer Gletscherspalte. Es ist Sommer, aber in unseren Hinterhof, der kein Hof ist, sondern eine Schlucht, dringt kein Quäntchen Sonne. Der Boden hier ist immer glitschig. Es herrscht eine hässliche, gemeine Kälte, und was wir einatmen, mag man kaum Luft nennen, es ist eine Ausdünstung der leprösen Wände. Wer hier wohnt, sucht tagsüber das Weite, aber abends und nachts spüren wir im kalten Dunst von Kartoffeln und Rüben und stinkendem Kohl den Gletscher der Verzweiflung, der über unsere Mietskaserne ragt und von dem die Kälte nach unten sinkt. Die Kälte, die uns arm macht, die uns hungern lässt. Magere Kinder, hustende Arbeiter, zitternde Greisinnen, Frauen in schmutzigen Kitteln, die manchmal heimlich losgehen, um in den Mülltonnen der Nachbarstraßen nach verzehrbaren Resten zu stöbern. Mir ist, als hörte ich tagein, tagaus das leise Wimmern des gepeinigten Proletariats.

Und doch wird gekämpft! Trotz allen Siechtums, schwach sind wir nicht! So sage ich mir, aber ich gehöre doch noch gar nicht dazu. Denn zum Menschsein gehört die Arbeit, und zum Proletsein die Fabrik.

15. Juli
Heute, am Sonntag, fand ein kleiner Junge die Kralle in der Ecke hinter den Mülleimern. Der Einbeinige mit der Drahthand lag da, den Kopf auf einen Ziegelstein gebettet, und starrte nach oben zu dem Spalt, hinter dem der Himmel sein könnte. Der Ziegelstein verschwand, noch bevor die Leiche abgeholt wurde, Ziegelsteine kann man immer gebrauchen.

Mir wird manchmal übel vor Hunger. Ich wollte stempeln gehen, aber ich konnte nicht genügend Papiere vorweisen. Wenn ich den Vermieter nicht mit grünen Scheinen im Voraus bezahlt hätte, wäre ich obdachlos wie Kralle.

Ich wohne im »Junkerflügel«. So genannt, weil der Vermieter behauptet, einem böhmischen Adelsgeschlecht zu entstammen. Er hat einen Zettel neben das Mieterverzeichnis im Treppenhaus gehängt: »Es ist verboten, Nägel in die Wände zu schlagen oder Löcher zu bohren!« Sein Argument: Das Mauerwerk wird porös und zerbröselt, die Wände stürzen ein. Sie bröseln auch so schon in meinem Kellerloch. Und ständig rieselt Ruß aus meinem Ofen, obwohl ich ihn nicht benutze, jetzt im Sommer. Der Junker wohnt in Winterhude in einer Villa, heißt es. Er trägt Manchesterhosen, Wolljacke und Gummistiefel. Die sind aus der hiesigen Fabrik, der Barmbeker Gummiwaren-Compagnie. Bevor er in sein Automobil steigt (das immer drei Ecken weiter, nahe der Hamburger Straße, steht, um keinen Neid zu erwecken), zieht er die Jacke aus und ein Jackett über das Hemd mit angeklebter Fliege. Er erhöht von Woche zu Woche die Miete, »weil ich leben muss«, wie er sagt.

Auch ich muss leben. Schrubbe Teller und Töpfe in einer Fischbraterei an der Hamburger Straße. Dorthin kommen die Herrschaften von der Uhlenhorst, wenn sie einmal »volkstümlich« speisen wollen. Wir Tellerwäscherinnen kriegen nichts ab. Gestern hat eine von den Alten heimlich Fischköpfe in einen Sack gepackt. Als sie meinen Blick bemerkte, murmelte sie was von »Suppe auskochen«. Ein paar Mädchen kriegen Reste vom Koch, wenn er sie betatschen darf. Eine hat ihm Senf in die Augen geschmiert, als er sie ruppig anging im Kühlraum. Sie wurde entlassen. Es herrscht ein Männerregiment. Ich klaue ab und zu eine Scheibe Brot.

Ich streiche um das Parteibüro am Roten Platz herum wie eine Katze, die jemand verjagt hat. Warum gehe ich nicht hinein? Bin ich nicht Mitglied? Ich lese die ausgehängte »Volkszeitung«: Die Hochseefischer streiken immer noch, Unruhe im Hafen, 130.000 deutsche Industriearbeiter im Ausstand. Aufruf zum Antifaschistischen Kampftag. Die Regierung Cuno wankt. Nur eine Arbeiter- und Bauernregierung kann Deutschland noch retten!

20. Juli

Sie haben mich rausgeschmissen. Wegen der Scheibe Brot. »Mach die Bluse auf«, sagte der Oberkellner, »dann leg ich noch eine dazu.« Die Ohrfeige kommt mich nun teuer zu stehen. Fünf Tage Arbeit, drei Tage Lohn, der Rest wird einbehalten – wegen »Eigentumsdelikt«, sagt der Chef, der seine Wampe bestimmt nicht dem Ablutschen der Gräten verdankt.

Der Junker hat meinen letzten grünen Schein bekommen. Immerhin habe ich mein Kellerloch bis Ende August sicher.

21. Juli

Heute musste ich an die Warnung der Kontrollmädchen denken. Denn es ist von einem »Schnitter« die Rede. Ein Mädchen wurde gefunden. »Eine, die auf Abwege geraten ist«, eine »Gefallene«. Es geht jemand um mit einem Messer, sagen die geschwätzigen Nachbarinnen und lachen:

»Bleibt euren Männern treu, wenn euch das Leben lieb ist!«

24. Juli
Ich gehe zum Lesen in die Bücherhalle. Ich brauche Ablenkung, denn da ist immer wieder dieses Gefühl, als würde tief in mir drin ein Tier nagen und mir alles Gefühl wegfressen. Ich muss neue Gedanken in mein Gehirn, in meine Seele pflanzen. Denn letzte Nacht träumte ich, der Bibliothekar lauert mir auf am Straßenrand, in der Hand das erhobene Kreuz. Die Schuld, die er mir eingepflanzt hat, so dachte ich in Todespanik, will er mir mit einem Dolch herausschneiden. Ich erwachte mit klopfendem Herzen. Jetzt denke ich: Ist das nicht eigenartig? Bücher sollen mir helfen gegen die Angst vor dem Bibliothekar!

25. Juli
In einem Schuhgeschäft in Winterhude die ausgetretenen Latschen gegen Segeltuchschuhe eingetauscht. Der junge Verkäufer machte mir schöne Augen und dachte wohl an ein ruhiges Plätzchen hinter den Kulissen. Erst als ich durch die Tür flitzte, rief er »Halt!«.

26. Juli
Auf dem Amt heißt es, sie hätten keine Arbeit für mich, aber ich soll mich jeden Tag melden. Es fehlt noch die Bescheinigung meines letzten Arbeitsplatzes, dann gibt es vielleicht Stempelgeld.

Nora, die Mutter von Theo, dem Jungen, der die Kralle gefunden hat, hat Krämpfe. Sie wohnt über mir und schreit. Der Mann ist Lokomotivführer und abgedampft. Sie ist schwanger. Sie sagt: »Wenn das Kind da ist, werde ich es verkaufen.« Die Krämpfe kommen nicht von der Schwangerschaft, sondern vom Hunger. Ich bin losgegangen, um etwas zu besorgen. Es ist gar nicht so schwer, bei einem

Grünhöker oder einem Feinkostladen was einzustecken. Bäcker sind schon schwieriger, weil du das Brot nehmen und dann loslaufen musst – wehe es steht ein Spießer in der Tür und hält dich fest!

27. Juli
Vor dem Aushang mit der »Volkszeitung« sprach mich ein Arbeiter an. Schwielige Hände, rundes Gesicht, freundliche Augen unter der Schirmmütze, abstehende Ohren. Sonst vor allem: Muskeln. Nicht stämmig, aber kräftig. Er überragte mich. Dann neigte er sich mir entgegen wie ein Baum und fragte: »Arbeiterin?« In seinen Taschen steckten Stapel von Flugzetteln. Seine Hose hatte viele Taschen. Ich sagte: »Erwerbslos.« Er zog einen Zettel aus der linken Tasche: »Versammlung morgen drei Uhr nachmittags bei Köppen.« Ich bedankte mich. »Man kann der Partei beitreten«, sagte er noch. »Bin ich schon«, entgegnete ich. Da glotzte er mich an, als wäre ich sein Schätzchen. Dass ich noch nie Beitrag gezahlt habe, unterschlug ich. Er ging weiter, um seine Zettel zu verteilen. Die in der rechten Tasche waren für die Arbeitenden, die in der linken für die Erwerbslosen. Ab und zu schaute er heimlich zu mir rüber. Wie soll man da in Ruhe Zeitung lesen? Ich hab mich schleunigst aus dem Staub gemacht.

29. Juli
Nora kriegt nur noch Haferschleim herunter. Wenn ich nicht aufpasse, stibitzt der Sohnemann ihre Portion, weil ihm ein Teller nicht genug ist. Ich sollte zur Fürsorge gehen, damit die was unternehmen. Nora ist nur noch Haut und Knochen und dazwischen ein Ballon mit ihrem »Kapital«, wie sie sagt. Sie weint viel.

Ich gebe zu, ich war auf St. Pauli. Gestern, am Sonnabend, bin ich den ganzen Weg dorthin gegangen wegen einer fixen Idee. Ketty! Habe mir meine Strickmütze auf eine bestimmte Art schief auf den Kopf gesetzt und bin losgelaufen. Aber je näher ich kam, umso unwohler wurde mir. Ich dachte an Goldlöckchen. Wie einfach es doch sein kann, satt zu werden. Zum Glück (Pech?) war ich viel zu früh. Die Bars waren geschlossen oder leer, rochen nach kaltem Zigarettenrauch und ranzigem Bier. Ein Kerl trat mir in den Weg, eine Hure keifte mich an, ein Türsteher in roter Uniform wackelte mit dem Monokel und fragte: »Suchst du Arbeit?«

Da erst merkte ich, dass ich ein anderes Ziel hatte. Ich machte kehrt. Neuer Steinweg. Das hatte ich mir gemerkt. Redaktion »Der Pranger«. Ich kann schreiben, Ketty! (Bestimmt kann ich das.)

Was für eine Enttäuschung: Ein schlaksiger Kerl mit verkniffenem Mund und Nickelbrille paffte eine Zigarette hinter dem Schreibtisch. Ich hatte nicht damit gerechnet, einen Mann dort anzutreffen. »Ketty ist nicht hier. Sie spricht für die Partei in Bergedorf.« Er musterte mich. Mir kam es vor, als würde er mich durchschauen, etwas entdecken, das mir peinlich war.

An ein Brett an der Wand war ein Flugzettel geheftet: »Der ›Pranger‹ warnt! Mädchen und Frauen, hütet euch! Ein Frauenhasser geht um! Nicht genug, dass wir terrorisiert werden von der Doppelmoral der Bürger und Staatsschergen – jetzt treibt ein Schnitter sein Unwesen. Haltet die Augen auf! Gebt aufeinander acht! Schützt euch gegenseitig! Wir sind besonders gefährdet! Hinweise bitte sofort an die Redaktion.« Ich bekam eine Gänsehaut.

»Komm zur Sprechzeit«, sagte er und reichte mir eine Ausgabe der Zeitung, »dann ist sie hier.«

Er grinste säuerlich: »Pass auf dich auf. Der Schnitter ist ein Moralist.« Er hält mich für ein Kontrollmädchen.

Da musste ich an den Bibliothekar denken, an die Schnitte, die er mir zugefügt hat, und ein Grausen überfiel mich. Ich wurde ganz starr und taub. Bis der Kerl vor mich trat und laut rief: »He! Wach auf!« Ich sprang auf und eilte wortlos davon.

Das ist es!, denke ich jetzt, während ich dies schreibe: Der schlaksige Kerl erinnert mich aus irgendeinem Grund an den Bibliothekar. Sind es die Augen? Der Mund? Der bohrende Blick!

31. Juli
Ich bin nur knapp den Tschakos entronnen. Man wird übermütig. Das Kleid mit den Punkten, der Sommermantel, eine Baskenmütze – alles in Winterhude organisiert. Es ist nicht schwer, Klamotten zu stehlen, wenn du olle Fetzen hast, die du im Laden lassen kannst. Aber zwei Packungen Pumpernickel, eine Tüte Haferflocken und eine mit Äpfeln unter dem Mantel waren dann doch zu viel. Der Höker schrie: »Haltet sie fest!« Und schon trillerte ein Tschako, der in der Nähe stand. Ich rannte über die Straße. Noch ein Tschako. Rüber zum Gehweg. Trillerpfeifen. Zu viele Passanten. Ausgestreckte Arme. Aufgerissene Augen. Hässliche Missgunst. Grabschende Hände. Eine Matrone zerrte an meinem Mantel. Ich taumelte. Ein feister Bourgeois mit Homburg krallte sich an meinem Oberarm fest. Zum Glück kam die Tram den Tschakos in die Quere.

Und mir half Fortuna in ihrer männlichen Gestalt. Blonde Locken, spitze Nase, Nadelstreifen (ja, wirklich! Weste inklusive, und Krawatte!) – Jakob. »Kusinchen«, sagte er tadelnd zu mir. »Was machst du denn hier mit diesem Herrn?« Beäugte den Homburg und runzelte die Stirn: »Oder müssen wir fragen, was der Herr mit dir macht?« Ich wand mich gehörig und stöhnte, um zu signalisieren, dass mir Gewalt angetan wurde. Neugierige Blicke. »Na«, sagte Jakob und schaute über die Kreuzung, »zum Glück eilt der Arm des Gesetzes herbei.« Und zum Homburg: »Vergewaltigung einer Minderjährigen, mein Herr, das wird haarig!« Der Kerl war verblüfft und ließ mich los. Die Tram rumpelte vorbei. Die Tschakos näherten sich trillernd. Die beiden Pumpernickel-Päckchen fielen zu Boden. Der Homburg glotzte nach unten. Jakob gab ihm einen Stoß und er kippte über den Bordstein. Jakob bückte sich, hob die Päckchen auf und warf sie auf die Tschakos. »Vorsicht! Granaten!« Sie duckten sich. Jakob packte meinen Arm und zog mich weg. Wir rannten. Seitengasse, Durchgang, Bretterzaun, Lücke, Hinterhof, noch ein Zaun, Kellertür, Hausflur, Tür, Luft, Sonne, »Trottoir« (wie Jakob sich ausdrückte).

»Hör mal, minderjährig bin ich aber nicht!«

Er beäugte mich. »Achtzehn?«

»Einundzwanzig!«

Er lachte. »Wer's glaubt.« Hat mich durchschaut, der dumme Junge.

»Gehen wir zu dir«, sagte er. »Meine Liebste hat mich vorläufig vor die Tür gesetzt.«

»Deine Liebste? Ich dachte, du bist ...«

»Ja, ja, aber sie ist meine Busenfreundin ... oder wie sagt man? Wir teilen uns ein Zimmer.«

(Das klang zweifelhaft in meinen Ohren.)

»Immer wenn sie obenauf ist, wird sie ein bisschen zickig. Ich glaube, es ist das schlechte Gewissen. Sie stammt aus einer schwerwiegend christlichen Familie schwedischer Lutheraner, wenn du verstehst? Man wird in der Wiege schon auf Schuld gebettet.«

»Die Prostitution ist eine notwendige soziale Institution der bürgerlichen Gesellschaft, ebenso wie Polizei, stehendes Heer, Kirche, Unternehmerschaft.« (Mit diesem Bebel-Zitat hatte ich meine Schande als »Gesellschafterin« kaschiert.)

»Wem sagst du das, meine liebe Augustine. Aber falsch geraten. Sie ist keineswegs im Horizontalen tätig.«

»Sondern?«

»Vertikal. Als Schlangenbeschwörerin.«

»Aha.« Ich nickte wissend. (Ich mochte seine Art, Unsinn zu reden.)

In meinem Kellerloch angekommen, verzog er keine Miene. Ich ging zu Nora und kochte ihr den Haferschleim. Theo war nach der Schule zu Nachbarn gegangen. Er ist neun Jahre und macht, was er will. Jemand hatte Nora Zwieback gebracht. »Wenn der Vater käme und den Jungen holte«, sagte sie, »dann könnte ich Schluss machen.«

Aus irgendeinem hässlichen Grund wurde sie mir unerträglich.

Jakob blieb über Nacht. Er sah plötzlich verschämt aus und sagte: »Ich weiß, wie wir ein sinnloses Techtelmechtel vermeiden können.« Er begann sich auszuziehen und schaute mich auffordernd an: »Na, los doch!« Wir tauschten unsere Kleider.

»Siehst du«, sagte er, nachdem er in meinem Kleid vor dem winzigen Spiegel posiert hatte und sich zu mir umdrehte: »Keine Gefahr. Denn du willst dich doch nicht dir selbst an den Hals werfen, oder?«

Sowieso nicht, dachte ich.

Im Bett gab er mir einen Gutenachtkuss. Wie ein Bruder. Wie schnell man doch vertraut ist.

1. August
Als ich aufwachte, war er fort. Ein spitzer Schrei und grässliches Rumpeln hatten mich geweckt. Nora war die Treppe hinuntergefallen. Jetzt ist ihr Arm gebrochen, vielleicht auch mehr. Gegenüber wohnt einer vom Ordnungsdienst der Partei, der holte einen Arbeitersamariter. Da die Sanitäter mit ihrem Wagen nicht in unsere enge Elendsgasse fahren können, brachten sie Nora gleich selbst ins Krankenhaus. Dazu musste sie sich auf einen Handwagen hocken. Keine Spur von ihrem Theo.

Jakob hat mein Kleid wieder ordentlich an den Haken gehängt. Es wäre mir lieber gewesen, er hätte sich verabschiedet. Eine Schwermut übermannte mich und ich legte mich wieder ins Bett. Wachte vom Hunger auf, aber das Brot war längst aufgegessen. Ich ging hoch in Noras Wohnung und holte die restlichen Haferflocken. Schuldgefühle. Wegen knapp vier Esslöffeln! Ein paar verblichene Scheine waren noch da. Ich ging mit dem Becher zum Milchhöker. Die Preise sind über Nacht um das Dreifache gestiegen. Also nur halbvoll. Immerhin ein Luxus: Haferbrei mit Milch. Die Brennstoffe für meinen Esbit-Kocher gehen zur Neige.

Ich las im »Pranger« Kettys Worte: »Ihr, die ihr unsere Zeitung kauft, ihr halbwüchsigen Boten mit Stulpstiefeln – ihr Arbeits- und Hoffnungslosen im alten Militärzeug – ihr Blassen und Blasierten mit der Zigarette im lässigen Mundwinkel – ihr grimmigen Ehemänner – ihr vor Kraft Wütenden und vor Schwachheit Lüsternen – ihr seid alle zusammen hungrig nach dem Brot, das wir feilhalten ... ihr werdet von freien, schönen und heiteren Mädchen mehr Freude haben als von gedrückten und geplagten Wesen.«

Es ist, als würde ich mich selbst reden hören. Natürlich mit umgekehrtem Vorzeichen – denn hat sie nicht auch im Lande Lesbos Recht, wenn sie schreibt: »Ach, wie viel Sehnsucht und kraftvolle Schönheit flüchtet zu uns Verachteten, da es ihr zu kalt ist in euren rationierten Zwangsbetten. Eure kargen Erlaubtheiten und eingeklemmten Genüsse, sie peitschen nur den Hunger.«

Ich muss an Goldlöckchen denken, die arme Haut. Aber ich gehöre nicht dazu. Ich bin kein Kontrollmädchen! Kontrolliert werden nur die, die sich von Männern bezahlen lassen. Gern wüsste ich, was Ketty zu mir als »Gesellschafterin« zu sagen hätte. Es ist nicht so, dass ich mich als schäbig empfinde, eher ... ich weiß nicht ... weil ich Geld genommen habe für Freundlichkeit? Für eine Hand auf dem Oberschenkel, unter dem Stoff ... wo hört die Freundlichkeit auf? Was fängt dann an? Ach, lass doch! Ist vorbei.

3. August
Die bleichen Scheine welken dahin. Damit nimmt man uns

die Nahrung und das Leben. Wie kann eine Gesellschaft so mit ihren Menschen umspringen? Kann man »Regierung« nennen, was das eigene Volk verhungern lässt? Mein knurrender Magen trieb mich schon früh aus dem Haus. Es war schwierig, etwas zu organisieren. Hätte ich doch nur einen grünen Schein behalten, ich könnte schwelgen. Aber der Junker hat sie alle. Jetzt hält er sich fern von uns. Einer hat ihm Prügel versprochen, als er die säumige Miete einforderte. Da drohte der Junker mit den Tschakos. Der Genosse vom OD deutete zu den schmalen Fenstern und sagte trocken: »Schießscharten, reihenweise.« Da stiefelte der Junker davon.

Frauen mit Schildern waren unterwegs: »Gegen den Hunger!«, »Preiskontrolle!«, »Nieder mit dem Wucher!« Handzettel riefen zur Versammlung am Markt. Sie fand früher statt als geplant, weil alle schon hinströmten. Die Profiteure wurden angeklagt, die Wucherer beim Namen genannt. Man berief sich auf die Kontrollkommission. Wütende Frauen umringten die Stände. Da purzelten die Preise! Mit Mühe gelang es einer Genossin, Ordnung in die Angelegenheit zu bringen. Man wählte eine Hausfrauenkommission. Und schon rückten die Tschakos an (zu spät, denn sie hatten die Zeitangabe ernst genommen). Da waren die Stände bereits leer »gekauft«. »Morgen geht's zum Amt! Wir fordern Unterstützung!«, hieß es noch.

Bei mir gibt es heute Kartoffeln!

4. August

Kurze Hoffnung – und dann zerplatzt! Jakob ist mir in die Arme gelaufen. Ich war auf der Fuhlsbüttler unterwegs. Eine Druckerei suchte stundenweise Prospektverteiler. Aber als ich sah, dass sie Broschüren mit militaristischen Parolen drucken, habe ich dankend abgelehnt. Auf dem Rückweg erbeutete ich zwei Bananen in einem Kolonialwarengeschäft. Huh! Bin ich gerannt. Und da kam er mir entgegen.

Schiebermütze. Zerschlissenes Arbeitszeug. Jakob! Sah mich erst gar nicht. Ich legte mir ein paar Scherze zurecht (ich war so glücklich, ihn zu sehen!), während ich auf ihn zuging, hob die Bananen und wollte rufen: »Ausgerechnet!« Da traf mich sein düsterer Blick. Sein Gesicht hellte sich auf, als er mich erkannte, aber ein Lächeln suchte ich vergeblich. Ich stand da wie eine Statue, mit den blöden Bananen, während er hervorstieß: »Muss ins Krankenhaus! Selma! Jemand hat sie überfallen ... oder ... jedenfalls ... ich weiß nicht ... es ist, es war ...«

»Wer ist Selma?«

»Na, meine Busenfreundin! Die Schlangenbeschwörerin, die mich vor die Tür gesetzt hat! Hab ich dir nicht von ihr erzählt?«

»Doch. Was ist mir ihr? Wieso überfallen?«

Mit einem Mal war er wie atemlos. »Einer hat sie geschnitten ... geritzt ... auf dem Bahnsteig der Hochbahn wahrscheinlich ... im Gedränge ... sie hat es zuerst gar nicht gespürt ... dann war ...« Er deutete auf meine Hüfte. Ich hielt immer noch die Bananen in die Höhe. Er malte einen Kreis in die Luft, »... so ein großer roter Fleck auf dem Kleid«.

»Geschnitten? Mit einem Messer?«

»Durch den Stoff hindurch. Ein so kleiner Riss, dass man ihn kaum bemerkt hätte, wäre da nicht das Blut gewesen. Sie machte noch einen Witz wegen eines Bekannten, den sie bemerkt hatte, dann fiel sie hin.«

»Aber es kann doch nicht einer mit einem Dolch am helllichten Tag ...«

»Ein Dolch? Wie kommst du denn darauf?«

Ich starrte ihn an, wortlos. Ja, wie kam ich darauf? Ein kalter Schauer lief mir über den Rücken. »Wie ... sah er denn aus?«

»Niemand hat ihn gesehen. Auch ich hab nichts bemerkt. Und konnte sie nicht beschützen.« Er sah elend aus.

»Ich muss jetzt hin.« Er wandte sich ab. Fragte nicht, ob ich mitkommen wollte.

Wenn der Schnitter sie auserkoren hat, dann ist seine Selma doch eine »Gefallene«, dachte ich. Und welche Rolle kommt ihm dabei zu?

5. August
Es ist Sonntag. Ich spüre einen Druck in der Brust, als würde mein Herz anschwellen. Kein gutes Gefühl. Es will eine Leere ausfüllen.

Nora ist wieder da. Mit einem geschienten Bein und einem bandagierten Arm. Ihr Theo schlägt sie trotzdem. Weil er Hunger hat. Jemand bringt ihr was von der Armenküche. Die vier gestohlenen Löffel Haferflocken machen mir zu schaffen. Ich gebe ihnen meine Kartoffeln.

Ich liege im Bett, lese im »Pranger«. Lese jeden Text immer wieder aufs Neue.

»Der Richter im würdevollen Talar, der über unsere ›Schamlosigkeit‹ urteilt, der Polizist, der uns von den Türen wegjagt, die solide Dame, die naserümpfend die Röcke rafft ... alle, die uns verachten, sie sind dienstbar der schnöden Notwendigkeit, Geld verdienen zu müssen. Auch wir dienen nur dem Götzen Geld!«

Wenn alle Frauen so wären wie Ketty, wäre die Liebe befreit! Wenn alle Frauen so wären wie die auf dem Markt, wäre die Welt befreit! Aber die Männer haben die Tschakos erfunden.

Ich nicke vor mich hin beim Lesen. Und doch traue ich mich nicht, nochmals in der Redaktion vorstellig zu werden. Der Kerl dort war mir unangenehm. Dieser bohrende Blick. Womöglich glaubte er, ich sei in Ketty verschossen. So wie er da an seinem Schreibtisch gesessen hatte, die hageren Hände gefaltet, wissend, beurteilend, urteilend ... man entkommt seinen Albträumen nicht, es ist ein Elend.

7. August

Kontrollausschuss hin, Hausfrauenkommission her. Es gibt auch andere Stimmen. Die sagen: »Zwischen uns und dem Kapitalismus liegt nur eine Fensterscheibe.« Beim Kaufhaus Heilbuth an der Hamburger Straße haben sie mehrere davon eingeschlagen. Allerdings lagen dort keine Lebensmittel in den Auslagen. »Der Mensch lebt nicht vom Brot allein«, sagen die jüngeren Genossen auf dem Roten Platz. Die Älteren kneifen verlegen die Augen zusammen. Die Sozialdemokraten wenden sich ab. Gestern Abend, als ich dort herumstreifte, traf ich wieder auf den Muskelmann mit den freundlichen Augen unter der Schirmmütze. Er hörte, wie ich zu einer alten Dame sagte: »Wenn die Frauen Karabiner hätten, so wie die Sipo, dann wäre der Kommunismus längst da! Wer hat denn die Pariser Kommune verteidigt bis zum letzten Blutstropfen? Wenn die Männer wanken, springen die Frauen in die Bresche, das war schon immer so. Wenn sie von Anfang an das Kommando hätten …« Ich war wütend, weil ich zwei Tage lang von einer Adresse zur nächsten gepilgert war mit dem Wisch vom Arbeitsamt, und keiner wollte mich haben. Nicht in der Konservenfabrik, nicht in der Wäscherei, nicht in der Ichthyolfabrik, auch nicht in der Fischräucherei, schon gar nicht in der Metallwarenfabrik, weil ich keine Ahnung hatte, was Emaillieren bedeutet und sie sowieso zehn Bewerberinnen auf eine Stelle hatten und auf Se-ri-o-si-tät erpicht waren.

Deshalb die Karabiner? Na, hör mal! (Aber hatte ich nicht recht?)

»Komm mal mit«, sagte der Mann mit der Schirmmütze. Aus seiner Jackentasche ragte die »Rote Fahne«. Immerhin, für Zeitungen hat er also Geld, dachte ich, was will er nun von mir?

Er schleppte mich ins Parteibüro. Dort gab er mir die Hand: »Ich bin übrigens Ernst.« Eine warme Hand. Und doppelt so groß wie meine. »*Der* Ernst?« Er lächelte und schüttelte den Kopf: »Nein, nicht der.« Er setzte sich hinter einen Schreibtisch, den jemand aus einer alten Tür gefertigt hatte. Darauf Papiere und Broschüren, Handzettel und Bücher, akkurat geordnet. Vor der Wand ein klappriges Regal.

»Nimm Platz.« Er deutete auf einen Hocker.

»Du hast eine gute Rede gehalten«, sagte er.

»Ich hab doch keine Rede gehalten. Außerdem hat niemand zugehört.«

»Doch, doch. Einige haben aufgemerkt.« Er schmunzelte. »Vor allem die Jüngeren haben die Ohren gespitzt. Weißt du ... Leidenschaft ...« Er schaute mich durchdringend an. Seine Ansprache wurde mir unangenehm. »Leidenschaftliche Ausdrucksweise wird bei unseren Rednern vermisst. Vor allem die Jüngeren werfen uns das vor. Verlautbarungsrhetorik. Plumpe Parolen. Floskeln. Wenige können das anders, besser.« Er griff in ein Regalfach, faltete eine Ausgabe der »Volkszeitung« auseinander, legte mir einen Artikel hin. »Hier ... das ist eine der wenigen, die es kann.«

»VULKANWERFT BESETZT – Betriebsrat übernimmt Produktionskontrolle!« Darüber das Foto einer Frau mit Baskenmütze und erhobener Faust vor einem halbfertigen Schiffsrumpf.

»Ketty!«

»Ah, du kennst sie ...« Er schmunzelte nicht mehr.

Ich wurde vorsichtig. »Nicht persönlich.«

»Hm-hm.«

»Ich habe von ihr gehört. Sie organisiert die Kontrollmädchen.«

»Das ist so ein Spleen von ihr. Wichtiger wäre es, die Arbeiterinnen zu organisieren. Vor allem die jungen Arbeiterinnen. Die Kontrollmädchen sind keine revolutionäre Kraft, sie stehen nicht in der Produktion.«

»Ich auch nicht.«

»Das kann man ändern.«

»Scheinbar nicht.« Ich wurde trotzig, weil er so abfällig über Ketty sprach.

»Unser Jugendverband könnte dich gebrauchen.«

»Ich könnte Arbeit gebrauchen.«

»Da lässt sich was machen.«

»Ich wollte schon für den ›Pranger‹ schreiben«, sagte ich, um ihn zu ärgern.

Seine Augenlider senkten sich und er schaute mich durchdringend an: »Wirf dich nicht weg.«

»Das wäre physikalisch gar nicht möglich, denn eine Wirkung kann nicht Ursache ihrer selbst sein.«

Er schmunzelte wieder. »Immer dagegenhalten, hm? Gut. Rhetorik ist ein Grundpfeiler der Agitation.«

»Ich kann doch nicht vor Arbeitern reden.«

»Nein, aber im Jugendausschuss.«

Da ging mir auf, dass sie in der Partei ganz schön viele Ausschüsse haben.

10. August

Seit drei Tagen mache ich Parteiarbeit. Die Jugend organisieren. »Die junge Garde des Proletariats«, sagt Ernst. Mein Verdacht: Am liebsten hätte er es, wenn wir marschieren würden, mit erhobener Faust in Zweierreihen, damit Ordnung reinkommt in die Sache. Na schön, organisiert sein will sie ja, die Revolution. Aber was tun wir einstweilen? Flugzettel verteilen, Aufrufe zu Kundgebungen. Vor allem: »Lasst euch nicht hinreißen!«, sagt Ernst. »Keine individuelle Wiederaneignung!« Da haben einige gefeixt. Ich sagte forsch (aber erst als die anderen fort waren): »Warum geht ihr nicht einfach rein bei Heilbuth, mit eurer ominösen revolutionären Hundertschaft, und holt alles raus und verteilt es an die Bedürftigen. Von denen gibt's genug.« »Revolutionärer Übereifer nützt uns gar nichts«, sagte Ernst. »Wir organisieren uns für den Tag X.« Hoffentlich ist das

Proletariat bis dahin nicht verhungert. Die Leute müssen das Geld jetzt schon in Säcken zum Höker tragen. Bald wiegt es mehr als Kartoffeln.

Im Parteibüro habe ich ein paar alte Ausgaben der »Volkszeitung« herausgekramt. Ketty war mal Abgeordnete der Bürgerschaft. Bevor man sie wegen Aufruf zum Aufruhr anklagte. Aberkennung der parlamentarischen Immunität. Dagegen hielt sie eine Rede im Parlament. Fünf Stunden lang! Gegen die Ausbeuter, gegen das Phlegma der Sozialdemokraten, für das Recht auf Revolution, weil es eine neue gerechte Ordnung geben muss, für das Recht auf bewaffneten Kampf, weil es nicht anders geht, denn der Feind hat Bataillone. Das Recht der Geschichte ist auf der Seite des Proletariats. Es sind nur Ausschnitte, Zitate. Ich schreibe sie alle ab. Für die Jugendversammlung übermorgen im Stadtpark. Ich soll erklären, wieso der angesetzte Generalstreik so wichtig ist.

12. August
Die Rede war ein Reinfall, weil alle lieber baden gegangen sind, als die Regierung Cuno zu stürzen. Ich redete fast nur für mich. Da dachte ich an Ernst und sein Gerede von Disziplin. Aber wer will denn Disziplin am Sonntag? Im Sommer? Ich ging dann auch schwimmen. Aber auf den Tanzboden an der Fuhlsbüttler hab ich mich nicht mitschleifen lassen. Weil's wieder so typisch »Jungens-und-Mädchens« war. Aber dann, als ich an diesem scheinheilig lauen Abend die Hamburger Straße runterging, immer gegen den Strom der Fröhlichkeit, und sie anschließend wieder raufging und mich fragte, ob ich nicht Richtung Elbe gehen sollte, und ob eine Hand auf dem Knie oder sogar unter dem Stoff heute ein Trost wäre … da kamen sie mir entgegen. Jakob und seine »Busenfreundin«. Aufgedonnert wie nicht recht gescheit. Und ich hatte noch das rote Tuch von der Kommunistischen Jugend um den Hals, ach du liebe Güte.

»Komm doch mit«, sagte Jakob, »wir steigen auf den Hamburger Berg.«

»Von hier aus betrachtet ist es ein Abstieg«, sagte ich hochnäsig.

»Wir rollen rein mit Pauken und Trompeten«, sagte Jakob. Selma lachte. »Er meint die Tram.« Sie schaute mich von der Seite an, auf so eine komische Art. Neigte den Kopf. Sie hat flachsblonde Haare, Sommersprossen, und sie ist gertenschlank. Weißes Kleid, fast elegant, und ein Jäckchen über die zarten Schultern geworfen. Jakob mit seiner gestreiften Hose will anscheinend dem Reichskanzler in spe Konkurrenz machen.

Da gehöre ich nicht hin, dachte ich, zwischen die beiden passt kein rotes Tüchlein, auch wenn ich's gerne wäre, das Tuch – das merkte ich, als mein Blick kurz an ihren grünen Augen klebte.

»Wo hast du denn den Stroller Suit her?«, fragte ich hämisch. »Aus dem Mottenkugelarsenal oder geklaut?«

Das ließ sie nicht auf ihm sitzen. »Wir haben unsere zuverlässigen Quellen«, sagte sie. Und Jakob stieß sie in die Seite. Er mochte sich nicht streiten.

Die Tram bimmelte heran. »Also, kommst du mit?«, fragte Jakob. »Das ist übrigens Selma.«

»Damit du zwei Täubchen feilbieten kannst?«

»Huh!«, sagte Selma. »Wir haben Gift gespeist.«

Jakob zog sie von mir fort.

Sie drehte sich noch mal zu mir um, deutete auf meinen Kopf. »Hübsch da oben.« Es dauerte eine Weile, bis ich merkte, dass sie die Baskenmütze gemeint hatte. Ich stand da wie Aschenputtel und schaute ihnen nach. Es war, als wäre ein dünner Faden gespannt zwischen mir und ihnen, der immer straffer wurde und an mir zog. Bis er abgeknipst wurde, als die Straßenbahn davonrollte.

Die ist aber schnell wieder gesund geworden, dachte ich noch. Oder hat er mir da etwas vom Pferd erzählt?

Und jäh durchzuckte mich eine Angst um sie, dass der Schnitter seine Tat doch noch vollenden könnte. Denn die Schnitter dieser Welt, seien es nun Offiziere oder Bibliothekare oder sonst was, hassen nichts so sehr wie die Provokation des unbändigen Lebens.

Und ich? Fühle ich mich etwa provoziert von Selma ...?

20. August
Ein paar Tage habe ich in einer kleinen Keksfabrik in der Wohldorfer Straße gearbeitet. Als Packerin. Einmal musste ich eine Lieferung in die Irrenanstalt gegenüber bringen. Ich frage mich, was das ist – »irre«, und warum man Mauern darum bauen muss. Vielleicht um die Irren vor dem Irrsinn hier draußen zu schützen. Sind sie da drin, weil sie unter uns Anders-Irren gelitten haben? Apropos: Die Keks-Produktion wurde eingestellt, weil die Bank keinen Kredit mehr geben kann. Der Filiale ist das Geld ausgegangen!

Ernst sagt, er hätte bald »was Solides« für mich. Ernst sagt, ich solle eine Broschüre schreiben. Zum Anwerben von Jungkommunisten. Ernst sagt: Nicht so wie die »Rote Fahne« oder die »Volkszeitung«. Sondern so, wie die Jugend spricht. Ernst sagt: Du bist das größte Talent, das wir haben. Ernst sagt: Du darfst schwärmen, wenn du die Jugend ansprichst. Ernst schaut auf mein Knie, wenn mir versehentlich der Rock hochgerutscht ist. Ernst schaut an mir vorbei, wenn ich ihn anschaue. Er zupft sich nervös am Ärmel, wenn ich mich neben ihn setze, um einen Artikel aus der Zeitung zu schneiden für den Schaukasten. Er hat keinen Ring am Finger, aber er sagt manchmal: Ich muss nach Hause zu meiner Familie.

Ernst sagt, der Abbruch des Generalstreiks sei vernünftig gewesen. Als ich frage, ob es nicht besser wäre, so lange zu streiken, bis Regierung und Staat und alles zusammengebrochen sind, lächelt er wissend. Ich frage mich, ob er wirklich etwas weiß oder nur so tut.

»Ich werde Ketty zitieren«, sagte ich. Ich habe nämlich einen längeren Ausschnitt ihrer Bürgerschafts-Rede in einer alten Ausgabe des »Fremdenblatts« in der Bücherhalle gefunden. »Die Passage, wo sie den Zögerlichen und Feiglingen und Kompromisslern und Reaktionären die Wahrheit um die Ohren schlägt!«

Ernsts Blick verdüsterte sich.

Ich fragte, wo sie eigentlich ist. Er sagte: »Vielleicht in Thüringen, vielleicht in Sachsen, vielleicht in Berlin. Es gibt viel zu tun.« Und dann blickte er mich treuherzig an und sagte: »Du bist meine Ketty.« Und kurz überfiel mich eine furchtbare, schreckliche, grausige Angst, er könnte seine schwere Hand auf mein Knie legen. Aber das tat er nicht. Er saß stocksteif da wie immer, schaute mich aus seinen freundlichen Augen an und sagte: »Wird Zeit, dass ich nach Hause gehe.«

Ich hab ihn mal gefragt, ob er mit Waffen umgehen kann, ob er bei der proletarischen Hundertschaft mitmacht, ob da auch Frauen dabei sind. Da hat er geheimnisvoll gelächelt und den Kopf geschüttelt. Wenn es eine männliche Mona Lisa gäbe, dann wäre er das.

22. August

Heute war ich Tagelöhnerin in einem Kaffeehaus an der Bartholomäusstraße, nahe der Badeanstalt. Als man hörte, ich sei bei der Partei, war ich wieder draußen. (Die fette Glucke am Kuchentresen hat mich neulich mit Flugzetteln auf der Straße gesehen und mich verpetzt.) Aber vorher sah ich Selma. Sie kam mit einem Herrn herein, der einen Trilby-Hut trug und einen eleganten Anzug mit Krawatte, die sie ihm lachend festzurrte. Also doch ein Kontrollmädchen, dachte ich, wenn auch eins von der teuren Sorte. Ich ertappte mich dabei, wie ich ein spitzes Messer in der Hand wog. Ist es das, was den Schnitter antreibt? Blinde Eifersucht? Der Drang zu verletzen, gar zu töten – ist das ein

Irresein, eine Umnachtung? Kann das jedem Menschen passieren? Oder nur ganz bestimmten Männern? Aber welche sind das?

25. August
Ich habe keine Lust mehr. Gestern war ich unten. Dort, wo ich nicht mehr hingehen wollte. Aber ich hatte plötzlich eine Gier. Nach allem Möglichen. Und Ekel. Ekel im Überfluss. Mein Kellerloch widert mich an. Es ist kalt und feucht. An den Wänden kriecht der schwarze Schimmel hoch, unaufhörlich, immer weiter. Nora hat ihr Balg bekommen. Und natürlich hat es immer Hunger und schreit. Und Theo schreit auch und sie schreit zurück, er soll das Baby nicht schlagen. Wieso macht er das, er ist doch selbst noch ein Kind? Gegenüber singt einer neuerdings Soldatenlieder. Man hat ihm das Fenster eingeschlagen. Er singt trotzdem weiter.

Also war ich unten. In der Freundin-Bar und woanders, bis zum Morgengrauen. Hab mich betätscheln und abknutschen lassen. Hab mich gehenlassen. Hab mich weggeworfen ... beinahe. Um dann ohne Ankündigung wegzurennen. Fort, nur fort! So hastig, dass ich fiel.

Ein schwarzer Handschuh streckte sich mir entgegen. Ich blickte auf. Der Offizier mit dem Pergamentgesicht. Im fahlen Morgenlicht wirkte es wie nach innen gewölbt. Er trug einen Mantel mit Koppel, Dolch und Troddel. »Erlösung«, murmelte er. Seine Handschuhhand legte sich um den Griff seines Dolchs. Er zog ihn aus dem Gurt und hob ihn hoch wie ein Priester das Kreuz. Mit der linken Hand, sein rechter Ärmel war leer. »Sieh nur.«

Ich sprang auf und stürzte davon. Lief weiter und weiter. Bis ich die grünen Scheine in meinem Strumpfband schmerzlich spürte. Sie kratzten beim Gehen. Ich hatte eine Dollarwunde am Oberschenkel!

Ich ging an der Alster entlang, notgedrungen, ich wollte nicht irgendwo einsteigen, wo Leute sind und mich anstarren. Hier lagen bloß ein paar Obdachlose im Gestrüpp, denen war ich egal.

Am Beginn des Mundsburger Damms kamen sie von links. Aus einer der Straßen mit den Bürgerhäusern. Ich erkannte Jakob zuerst gar nicht. Er trug wieder sein grobes Zeug. Und eine Stoffmütze. Zwei junge Kerle waren bei ihm. Jeder hatte einen Sack über die Schulter geworfen. Prall gefüllt. Sie waren gut gelaunt. Das hatte mir gerade noch gefehlt. Pafften Zigarren. Einer hatte eine Flasche Cognac in der Hand.

»Klara! Mensch, Klara!«, rief Jakob. Als würde er sich freuen.

»Klara, na klar«, sagte sein Kumpel und hielt mir die Flasche hin.

Ich hätte mich am liebsten damit eingerieben, von oben bis unten desinfiziert. Aber so nahm ich einen Schluck.

»Innerliche Anwendung«, sagte der Dritte. Er wusste gar nicht, wie recht er hatte. Ich trank noch mehr und noch mehr.

Sie applaudierten, als ich die Flasche absetzte.

»Was macht ihr denn hier?«, fragte ich schließlich dämlich.

»Nachteinkäufe«, sagte Jakob und deutete auf die Säcke, die jetzt neben ihnen standen. Er grinste schief. »Wir sind praktizierende Kommunisten.«

Sein Freund knallte die Hacken zusammen und salutierte: »Melde gehorsamst: Enteignung des Klassenfeindes durch unsere proletarische Drei-Mann-Schaft tadellos geglückt.«

Mir lagen ein paar Worte von Ernst auf der Zunge (auf der pelzigen Zunge), aber da kamen die Tschakos angerast. In zwei Mannschaftswagen. Von zwei Seiten! Wo auch immer die herkamen.

Die drei Diebe schulterten ihre Säcke und rannten los.

Ich stand da wie Pik-Sieben. Dann rannte ich auch los. (»Ein Fehler«, sagte Ernst später zu mir. »Nicht weglaufen, wenn du nichts getan hast. Du hast doch nichts getan, oder?« – »Was denn getan?« – »Eben.«)

Sie schnappten uns alle vier. Und warfen uns in einen Topf. Ich war »Komplizin einer Räuberbande«. Jakob protestierte. Aber das war mir lieber so, denn als Kontrollmädchen wollte ich nicht abgestempelt werden. Das musste er doch verstehen! Wegen seiner Selma, dachte ich. Wenn man einmal registriert ist, wird man es nie mehr los! Lieber bin ich eine Diebin.

Tadellos geglückt war also nichts. Und auf der Wache landete ich erst mal in der Ausnüchterungszelle. Die Pritschen waren belegt von zwei schnarchenden Weibern (so muss man sie wohl bezeichnen).

26. August

Den ganzen Sonntag über hockte ich in der Zelle und fragte mich, wie ich da je wieder rauskommen würde. Die Weiber verschliefen den Tag, es war ihnen egal, sie hatten jede eine Wolldecke bekommen. Mich wollten die Tschakos wahrscheinlich schmoren lassen, bis ich um Gnade winselte. Aber viel schlimmer als in meinem Kellerloch war es hier auch nicht. Und es half mir, mich an meiner Schuld abzuarbeiten. Meinen Fehltritt in der Freundin-Bar zu sühnen. So ganz desinfiziert war ich nämlich noch nicht, trotz des Schnapses. Sie hatten mir die grünen Scheine abgenommen, und das fand ich gerecht.

(Im Nachhinein – jetzt, wo ich es rekapituliere – frage ich mich, wie sehr mir der Bibliothekar da im Nacken saß: Überwachen, strafen, Schuld aufladen ... und bist du nicht willig, dann kommt der Schnitter zu dir!)

Überraschung am Nachmittag: Ernst stand in der Tür. Der Tschako schloss auf und ich durfte raus. Ernst schob mich vor sich her in den Wachraum. Dort fragte er: »Was wird ihr vorgeworfen?«

Da durchzuckte es mich: Könnte es sein, dass ich als vermisst gemeldet war? Würden sie mich dabehalten und ... zurückbringen? Konnte Ernst mich davor bewahren?

Aber der Diensthabende schüttelte nur den Kopf: »Nichts.«

»Warum ist sie dann hier?«

»Ausnüchterung. Wurde mit einer Bande Gesindel angetroffen, betrunken, am frühen Morgen.«

»Was denn für Gesindel?«

»Einbrecher.«

»Fräulein Schindler ist keine Einbrecherin. Sie ist Arbeiterin«, sagte Ernst. »Und bei uns in der Kommunistischen Partei organisiert.«

Hinten an einem Pult lachte einer. »Was ist der Unterschied?«

Der Beamte starrte mich an, wog ab – Schuld gegen Unschuld.

Ernst änderte seine Strategie: »Meine Nichte hat sich danebenbenommen, es tut ihr leid. Mit den Einbrechern hat sie nichts zu tun.«

Der Diensthabende verzog keine Miene. »Die anderen schwören Stein auf Bein, dass sie nicht dabei war. Also meinetwegen. Sie kann gehen. Hier.« Er legte die grünen Scheine auf den Tresen.

Ich wollte sie nicht. Ernst griff danach.

Draußen sagte er: »Du hast Glück, dass wir in fast jeder Wache einen Genossen haben. Wo kommt das her?« Er hielt die Dollars in die Höhe.

»Geht dich nichts an«, sagte ich verbissen.

Ernst drückte mir die Scheine in die Hand und sah mich dabei an wie der Kerkermeister meiner Seele.

27. August
Gestern wurde die Redaktion der »Roten Fahne« durchsucht, die »Volkszeitung« für drei Monate »suspendiert«. Reichswehr und faschistische Milizen kooperieren. Oh, wie groß ist die Angst vor uns! Denn die Arbeitslosigkeit steigt unbarmherzig an.

Nur mit mir meint das Schicksal es gut: Mein Bewerbungsgespräch in der Gummiwaren-Fabrik war ein Erfolg. Natürlich hat Ernst seine Hände im Spiel. Verbindungen zum Betriebsrat. Er arbeitet dort in der Zinnschmelze. Metalle zu schmelzen, um daraus Formen zu gießen, das passt zu ihm, finde ich.

Am 3. September fange ich an. Endlich kann ich wieder eine würdevolle Existenz führen. Weit weg von den Händen, die Dollars falten und in Strumpfbänder stecken. Mein Fehltritt wird sich nicht wiederholen.

28. August
Ich habe Ernst gefragt, was man tut, wenn Genossen in den Knast kommen. Er sagt, es gibt eine »Rote Hilfe«, noch nicht als Organisation, aber sie haben Anwälte. Als ich nach Namen fragte, zögerte er (natürlich ahnte er, dass ich wegen Jakob fragte), dann versprach er nachzufragen (das klang nicht sehr überzeugend).

29. August
Seit ich mich für die Partei engagiere, hat mein Leben sich sehr verändert! Zwar hause ich immer noch in meinem Kellerloch, aber wenn ich die Gassen oder Straßen entlanggehe, grüßt man mich. Die Skatspieler an der Ecke mit ihrem zusammengenagelten Tisch nicken mir zu. Die Jungs, die Prellball im zweiten Hinterhof spielen, sagen: »Tach, Klara!«, die Frauen fragen manchmal an, ob ich auf ihre Blagen aufpassen will. Wenn ich kann, tue ich auch das.

Gehe ich über den Roten Platz, bekomme ich vertrauliche Mitteilungen oder eine illegale Zeitungsausgabe zugesteckt, die ich dann weitergebe. Ich kenne ein paar Männer, die zur Proletarischen Hundertschaft gehören. Ich weiß, dass sie draußen im Gehölz Übungen abhalten. Als ich fragte, warum keine Frauen dabei sein dürfen, haben sie gelacht, aber mit Sympathie. Eine Genossin vom Kontrollausschuss hat mich gefragt, ob ich eine Rede halten möchte. Gegen den Legalismus, für aktive Selbsthilfe. Ihr Sohn ist in meiner Jugendgruppe. Sie hat mir den Namen eines Genossen genannt, der zum Roten Anwaltskollektiv gehört.

Es liegt etwas in der Luft, etwas, das all diese ausgemergelten Gestalten verbindet, die morgens mit fahlen Gesichtern losziehen in die Fabrik oder den Hafen und abends mit schmutzigen Wangen und erloschenen Augen zurückkommen. Die gemeinsam hungern und sich fürchten, auf die Straße gesetzt zu werden samt ihrer Familie. Der Mieterausschuss kämpft um jede Bleibe, aber Hausbesitzer wie zum Beispiel der Junker aus Winterhude sind gnadenlos. Nicht selten kommt es vor, dass eine Familie eine andere bei sich aufnehmen muss. Man teilt sich die Betten, man teilt das wenige Essen, man teilt Kummer und Schmerz. Und sie ballen die Fäuste und stoßen verbissen hervor: »Es wird Zeit zu handeln.« Die nächsten großen Streiks liegen in der Luft, denn das Geld zerfällt in unseren Händen zu Staub. Eine Regierung, die zulässt, dass die Kinder nachts im Schlaf vor Hunger wimmern, verdient nicht zu sein. Da kann der Stresemann noch so sehr vor Poincaré buckeln. Enteignet die Enteigner! Aber das ruft natürlich nicht der Eigentümer. Das rufen wir!

30. August
Heute bin ich zuversichtlich. Der Genosse aus dem Kollektiv der Roten Anwälte hat mir versprochen, sich um Jakob zu kümmern. Er sagt, er könne ihn vielleicht mit Verweis

auf Mundraub und Notentwendung herauskriegen. Sogar eine Flasche Cognac könne hier von Nutzen sein (kein Scherz!).

Eines aber quält mich doch. Der Gedanke an das Flachsblond von Selma. Und, das gebe ich zu, eine bestimmte Art unterschwelliger Lüsternheit, wie ich sie in der Freundin-Bar genossen habe. Zieht es mich etwa immer noch da hin? Ich will doch gar nicht! Ich will doch … (nicht sagen!) … eben deshalb wäre es ganz falsch hinzugehen. Ich bin eine Philisterin geworden.

1. September
Ich raffte mich auf, ging zum »Pranger« in die Neustadt. Als ich mit pochendem Herzen in die Redaktion trat, in Erwartung dieses schrecklichen Mannes mit dem bohrenden Blick, hüpfte mein Herz und ich wurde wahrscheinlich knallrot. Da saß Ketty! In einem dunkelgrünen Kleid, klein und zierlich, mit fast schon dünnen Armen. Und einem Gesicht wie eine Füchsin. Ein bisschen streng, die Augen forschend, mit Fältchen, die nicht nur vom Lachen stammten. Müde sah sie aus. Die Baskenmütze lag neben ihr auf dem Tisch. Meine hatte ich absichtlich nicht aufgezogen. Es war ohnehin zu warm dafür.

»Hallo Lockenköpfchen«, sagte sie zur Begrüßung, »was treibt dich her?«

Ich sagte, ich wolle schreiben. Sie fragte nach dem Thema. Ich zögerte. »Nur keine falsche Scham, die hat noch keiner von den Kerlen verdient.« Es ginge nicht um Kerle, druckste ich. Da war sie verblüfft. Und mit einem Mal brach es aus mir hervor wie bei einer Beichte … die Bar, die Hände auf den Knien, auf und unter dem Stoff, das Geld im Strumpfband, die Erwartungen, der Schweiß und die lüsternen Lippen, die grünen Scheine, das Geld, das Geld, das Geld … Kann man sich denn an Frauen auch so verkaufen, fragte ich. Und merkte, dass ich mir diese Frage die ganze

Zeit klammheimlich gestellt hatte: Ob ich nämlich in Wahrheit auch ein Kontrollmädchen war.

Sie sagte: »Es ist ganz egal, wer dich auf den Strich führt, ob Mann oder Frau. Entscheidend ist das Machtverhältnis. Das Klassenverhältnis. Schreib mir einen Artikel über die Ausbeutung durch bourgeoise Lesben. Und wenn du Namen nennen möchtest, nur zu!«

Sie schaute mich auffordernd an, auch ein wenig amüsiert. Mir stand der Schweiß auf der Stirn, die Hände zitterten. »Sorge dich nicht um die Moral«, sagte sie. »Die ist nur eine Künstlichkeit. Du darfst lieben, wen und was und wie du willst. Aber wenn jemand deine Gefühle ausbeutet oder deine Not, dann ...«

»Ich darf einen Text schreiben?«

»Klar, und wenn es ein Gedicht sein muss, auch gut. Aber immer die Wahrheit!«

»Ja, dann tue ich das ...« Ich war ein regelrechter schüchterner Backfisch.

Sie reichte mir die neueste Ausgabe des »Pranger«. Da platzte der Kerl herein mit einem Stapel vollgetippter Seiten und ich sprang auf. Beim Hinausgehen ein letzter Blick auf Ketty: Sie beugte sich über die Texte und griff nach einem Stift. Kurz schaute sie auf: Ihr Blick war ein Schubs hinaus mit der Aufforderung: Geh und handle!

Draußen schob ich die Zeitung unter mein Kleid. Es sollte niemand auf falsche Gedanken kommen.

Du kleine Philisterin!

6. September

Es ist viel geschehen und nichts. Meine Hände schmerzen, meine Arme, der Nacken, der Rücken. Meine Muskeln sind erschöpft. Ich arbeite als Packerin. Die anderen legen ein höllisches Tempo vor. »Geht alles heute noch mit dem Lastwagen in den Hafen!« Diesen Satz höre ich andauernd. Und »Hopp, hopp!« Amerika wartet auf unsere Kämme, Italien auf unsere Gummigaloschen, die Badekappen gehen nach Australien, da beginnt bald die Saison! Knöpfe für Österreich! Die wollen gut abgezählt sein! »Spute dich!«, »Rasch noch!«, »Schneller!«, »Was heißt hier Pause?«. Am einfachsten ist es noch, Wärmflaschen oder Gehstöcke zu verpacken, aber dann musst du die schweren Kisten stemmen ...

Ich war auch schon Springerin. Auch Hartgummirohre und Fahrradreifen habe ich sortiert, Bierschläuche, Süßmostkappen, alles aus Gummi, Gummi, Gummi ... die Fabrik ist eine kleine Stadt entlang des Kanals. Kautschuk kommt, Gummi geht. Schuten, Lastwagen ... Wir verkaufen international, was schert uns die Inflation ... Wir maximieren! Nur die Löhne, die zahlen wir mit Papier, wenn's sein muss zwei, drei Mal die Woche, denn die welken Blätter mit den vielen Nullen taugen nichts. Die Firma aber (das sagt Ernst) lässt sich in Devisen bezahlen. Wieso kriegen wir dann keine frischen frühlingsgrünen Scheine? Weil Herbst ist im Kapitalismus! Er welkt dahin. Der Betriebsrat (sagt Ernst) kennt alle Abläufe genau. »Wir übernehmen, und die Produktion läuft wie geschmiert auch in Arbeiterhand!«

Es liegt in der Luft. Der SPD-Reichsinnenminister hat die kommunistische Presse verboten. Warum wohl? Das Reich muss 1200 Billionen Mark Kredit aufnehmen, um Brot zu kaufen. Sie kriegen das Volk nicht mehr satt! Bankrott der Regierung Stresemann!

Versammlungen, Versammlungen, Versammlungen. Die revolutionären Betriebsräte werden in Berlin zusammentreten. Die Proletarischen Hundertschaften zeigen Präsenz im ganzen Reich. Am Sonntag werden wir in der Jugendgruppe angeleitet zum Barrikadenbau. Ich habe darauf bestanden, dass auch Mädchen dabei sind! Dabei wurde ich unterstützt von Nosch, einer russischen Genossin, die kürzlich aus Petrograd gekommen ist. Sie wirkt wie eine Lehrerin mit ihrer hässlichen runden Brille mit schwarzem Rand.

7. September
Ernst ist fuchsteufelswild. Was ich mir da erlaubt hätte? Noch dazu ihn übergangen! Dafür seien unsere Anwälte nicht da, nämlich »irgendwelche Kleinganoven« aus dem Knast zu pauken. Die hätten Wichtigeres zu tun.

Er hat mich beiseitegenommen im Parteibüro. Ich sagte: »Aber Jakob ist genauso Kommunist wie wir!« Da schnaubte er wie ein Walross. »Außerdem ist er ein guter Freund!« Da mahlte er mit den Zähnen und wurde rot vor Zorn. Er mahnte mich zur Disziplin, aber ich konnte mich nicht halten. Kaum hatte er sich abgewandt, prustete ich los, weil er so lächerlich war. Ich hoffe, mein leises Jubeln hat er nicht gehört.

Und was hat er denn? Diese kleine Sache beweist doch unsere Macht.

8. September
Aber nun, wie um meine Hoffnung Lügen zu strafen – kam Selma mir quer. Flachsblond hob sie sich vor der verrußten Fabrikmauer ab, tauchte vor mir auf wie ein Gespenst. Im Arbeitskittel! Ich sah sie am Dienstag und dachte, es sei eine andere. Am Mittwoch kreuzten sich unsere Blicke, als die Massen zum Feierabend nach draußen wogten, und ich konnte es nicht glauben. Gestern in der Mittagspause stand sie abseits und kaute ihre Stulle. Ich zögerte ... zögerte ... da schaute sie auf und ich ging hin. In ihrem Blick war Ablehnung, sogar Zorn.

»Was machst du denn hier?«, fragte ich.

»Witzige Frage«, sagte sie und kaute verbissen.

»Sind dir die grünen Scheine ausgegangen?« Das war so frech von mir. Ich rechnete mit einer Ohrfeige. Hätte sie sogar gern in Empfang genommen.

»Ja. Ohne Beschützer geht das nicht. Zu gefährlich.«

»Ist Jakob noch im Knast?«

»Nee, im Spital«, sagte sie, und ich dachte es sei ein

blöder Scherz, weil *sie* doch kürzlich im Krankenhaus gewesen war.

»Quatsch.«

»Doch! Der Schnitter hat ihn erwischt.«

»Wie bitte?«

Es war kein Scherz.

»Mit einem Messer? Wie bei den Frauen?«

»Genau so.« Sie holte tief Luft. »Er wird's überleben. Aber es ist schlimmer als bei mir. Der wollte kurzen Prozess machen.«

Ich begriff nicht. Starrte sie an.

»Ein Mordanschlag. So ist das!«

»Aber ... wieso Jakob? Das passt doch gar nicht ...«

»Ins Schema?« Sie schüttelte den Kopf, als hätte ich etwas Unsinniges gesagt. »Braucht so einer ein Schema?«

»Ich dachte, die Opfer sind immer Frauen.«

»Falsch gedacht. Alle haben falsch gedacht.«

»Aber ... wo denn?«

»Im Gedränge am Spielbudenplatz vor Knopf's. Da stand er mit einem ... Freund. Sie schauten sich die Aushänge mit den Filmplakaten an. Da wird er plötzlich bleich und sackt zusammen.«

»Und niemand hat was gesehen?«

»Der Schnitter muss früher zugestochen haben. Der Arzt sagte, es sei eine langsame Blutung gewesen. Vielleicht hat er ihn eine halbe Stunde vorher schon verletzt. Irgendwo im Gedränge auf der Reeperbahn. Oder in der Straßenbahn. Ich hab ihn noch zur Station gebracht.« Sie schluchzte auf.

»Es tut mir leid. Ist es schlimm?«

»Wäre er mal bloß im Knast geblieben«, sagte Selma und starrte mich böse an.

»Aber ...«

Die Sirene ertönte. Abrupt wandte sie sich ab und ließ mich stehen.

Kurz musste ich an den Bibliothekar denken und wie er mir zur Strafe für mein lasterhaftes Benehmen die Fingerkuppen ritzte, mit einer Rasierklinge, damit ich nicht mehr Klavier spielen konnte. »Nimmst du mir die Freude an dir, nehme ich dir diese Freude.« Wie viele von dieser Sorte mag es geben? Männer mit einer hohen Moral ... so hoch, dass sie sich das Recht nehmen, andere zu strafen, die dieser Moral nicht genügen ... ist es das?

10. September
Sie geht mir aus dem Weg. Wirft sie mir vor, ich sei schuld daran, dass Jakob im Krankenhaus liegt, weil ich geholfen habe, ihn aus dem Knast zu holen?

In der Mittagspause ist sie nicht aufzufinden. Ich schreibe an meinem Text für den »Pranger«. Es will mir nicht gelingen. Mal klingt es nach Schuldeingeständnis, mal nach Moralpredigt ... aber es muss doch politisch sein! Ich zerreiße die Blätter in winzige Schnipsel.

Nora und Theo und das kleine Bündel sind weg. Armenspital, heißt es.

Ich träumte von dem Offizier mit dem Pergamentgesicht. Aber diesmal trug er einen Talar und der Dolch hing klein an einer Kette um seinen Hals und reckte sich und zerrte an der Kette und wollte mich stechen.

12. September
Ich habe Selma mit Ernst zusammen gesehen, neben der Zinnschmelze. Was haben die beiden miteinander zu tun?

Abends Nosch bei der Versammlung: Sie erzählt uns eine Räuberpistole von einer Gruppe jugendlicher Maximalisten in Petrograd, die im Februar 1917 ihre verhafteten Genossen aus einer Polizeistation befreiten, indem sie durch den Schornstein einstiegen, die Beamten überwältigten und wieder durch den Schornstein verschwanden, »während die Posten draußen ihre Bajonette in den Winterboden pflanzten« (so drückte sie sich aus). Ich vermute, sie hat uns ein Märchen aufgetischt, aber dann beschreibt uns ein älterer Genosse die Inneneinrichtung der Wache an der Hufnerstraße. Mit dem Hinweis, dass der Schornstein zu eng sei. Aber es gäbe durchaus Möglichkeiten ... dies nur nebenbei ...

Nosch sagt, in Moskau hege man große Hoffnungen auf eine deutsche Revolution. Spätestens im November, sagt Ernst.

Nosch ist eigenartig. Sie muss um die vierzig sein, ist immer modisch gekleidet, aber auch immer in Schwarz. Schuhe mit sehr hohen Hacken! Draußen trägt sie immer Hut und Blazer. Darunter Seidenblusen, die ich mir nicht leisten könnte. Ihr Haar ist pechschwarz und wellig. Sie ist ein bisschen pummelig und hat trotzdem keine Brust.

13. September
Ich habe Ernst gefragt, ganz schnippisch: Hast du eine neue Freundin? Er wusste schon, dass ich Selma meine. Blödsinn, sagte er, ich werbe an. Das ist meine Aufgabe. Weißt du doch. Frage ich: Wäre das nicht meine Aufgabe? Er: Hast du's gemacht? Ich: Noch nicht. Er: Na bitte.

Habe versucht, den Text für den »Pranger« in Gedichtform zu verfassen. Es wurde sehr hässlich, böse und gemein. Verstecke den Zettel unter der Matratze. Weil ich mich schäme? Weil er Verbotenes sagt? Weil er kostbar ist?

15. September
Aber eine, die mit Trilby-Hüten durch die Gegend zieht? Morgen ist Sonntag. Gut. Dann sehe ich sie nicht.

17. September
Jetzt bringt uns das Schicksal zusammen. In der Kammproduktion sind zwei Frauen zusammengebrochen wegen Unterernährung. Wir Jungen sind widerstandsfähiger,

denken sie wahrscheinlich. Wir können die Kammzähne schneller bimsen und polieren, im Akkord, zack-zack, aber immer schön präzise, denn später mag die Dame nicht, wenn es ziept im Haar (wieso denke ich bei Dame an Nosch, die doch gar keine ist?), mit Pasten, Wachs und Schwabbelscheibe (das ist die Poesie der Industrie!); aber am liebsten sitze ich an der Prägemaschine, Hebel runter, Hebel rauf, ruckzuck ist der Name in Gold auf den schwarzen Gummi gedrückt, lieber stempeln wir »Hercules Sägemann« vieltausendmal auf lange, kurze, breite, schmale, dicke, dünne Kämme mit oder ohne Stiel oder Griff oder das schmale Taschenmodell für den Herrn, als dass wir stempeln gehen im Amt für Ausbeutung und Lohnverzicht (das beides können wir hier selbst erledigen). Und sehnen uns danach, die Entnahme zu machen, aber Kontrollieren und Sortieren und Zählen ist das Privileg der alten Haudeginnen (so habe ich sie genannt); wir kommen, mit Glück, bestenfalls an die Packstation und dürfen kleine, mittlere, große und riesige Kartons ordnungsgemäß und nach strengen Regeln einpacken, verschließen, etikettieren, wegschleppen und stapeln.

Dazwischen eine Stulle, irgendwann am Mittag, und wenn abends die Sirene ertönt, fühlst du dich leicht wie eine Feder, weil du so einen Hunger hast, der dich schweben lässt, aber Vorsicht, die Schwerkraft zieht nach unten, und wenn du erstmal daliegst, kleine Feder, trampeln sie mit ihren Gummischuhen über dich hinweg und dein Abendessen kriegt eine andere, denn du hast ja keine Kraft mehr aufzustehen.

19. September

Selma hat herübergeschaut von der Bimsstation, ich habe es bemerkt! Ich hebelte und hebelte und prägte und prägte, wurde gar nicht müde davon, weil ich auf einen zweiten Blick hoffte. Und ich sah, wie sie es auch tat, aber sie traute sich nicht, nur ganz kurz, blitzschnell, dann lächelte sie verschämt und bimste so flink, dass die Einlegerin gar nicht hinterherkam.

21. September
In der Pause sah ich sie beim Kesselhaus um die Ecke verschwinden. Wie eine Schlafwandlerin sah sie aus, aber vielleicht war ich es, die schlief und wandelte … ich folgte ihr. Vorbei an einer Kohlenhalde. Übrigens regnete es leicht, da flaniert man doch nicht an Kohlenhalden vorbei! Das Pflaster war rutschig vom feuchten Ruß.

Um die Ecke … da lehnte sie an der Wand, Stulle in der Hand. Sie weinte. Jedenfalls zogen zwei Tränen ihre Bahnen durch den Staub auf ihren Wangen. Mir fiel nichts Blöderes ein als: »Was ist?« Sie schüttelte nur den Kopf, starrte an mir vorbei. »Wegen Jakob?«, fragte ich noch. Da schaute sie mich an. Ein entblößter Blick.

»Du Dumme!«, sagte sie. Unsere Köpfe näherten sich.

Da kam Ernst um die Ecke und wir stoben auseinander wie zwei Tauben.

22. September
Wenn man es geschickt anstellt, kann man von der Dehnhaide bis zum Jungfernstieg mit der Tram fahren, ohne ein Billett zu lösen. »Man muss nur in Bewegung bleiben«, sagte Selma. Umso besser, wenn es regnet, denn da kann man mit einem Schirm herumfuhrwerken, sich beinahe dahinter verstecken. Aber Selma ist so hinreißend! Sie schafft es, den Schaffner mit tausend Fragen nach Richtungen und Verbindungen durcheinanderzubringen, dass er vergisst, uns zu kontrollieren. Auch andere Passagiere sind ihr dankbar. Es sind einige ohne Fahrschein aufgestiegen, und der arme Mann ist viel zu müde, um Streit zu suchen.

Am Jungfernstieg wäre sie beinahe aufgeflogen, als ihre Hand im Sakko eines graumelierten Schnäuzers verschwand, der sich ein Schaufenster mit ungnädig starrenden Puppen in knappen Kleidchen anschaute. Sie stieß ihm fast den Homburg vom kahlen Schädel und trat ihm gleichzeitig auf den Fuß. Er schimpfte und rief dann empört: »Fräulein!« und hielt ihre Hand fest – mit seinem Portemonnaie. Sie ließ es fallen. Wir flüchteten Richtung Mönckebergstraße.

Am Hauptbahnhof passten wir auswärtige Touristen ab, es kam ein Zug aus Kopenhagen. Grüne Scheine und ein Zigarettenetui. Der gute Mann hatte es nicht mal bemerkt, sondern entschuldigte sich bei ihr, weil sie so tat, als hätte sein Schirm sie gepikt.

Wir gaben das Geld im Kaffeehaus aus und pafften die Zigaretten. Ich merkte wohl, dass Selma mir imponieren wollte. Wie gern wäre ich mit ihr in die Freundin-Bar gegangen. Aber so waren wir züchtig wie Konfirmandinnen. Ich musste sie zurückhalten, als zwei junge Kerle uns Gesellschaft leisten wollten. Ich wollte sie für mich haben! Der eine bemerkte dann unsere verschlissenen Kleider und zog seinen Freund beiseite.

Selmas Augen glitzern. Sie sagt, sie kann die grünen Scheine durch den dicksten Stoff hindurch »erspüren«, sie habe einen Röntgenblick. Ich sage, sie ist gierig. Sie sagt, sie sei gierig auf mich, sie würde mich am liebsten zerreißen. Und leert mit ihrem Strohhalm die Sinalco in einem Zug, bis es gurgelt. Schaut mich dabei an, und ich würde mich gern von ihr zerreißen lassen. Aber sie muss Jakob was zu essen bringen … kaum aus dem Spital, liegt er bei ihr im Bett … na gut, er ist noch schwach, und wo soll er auch hin?

»Ich weiß sehr wohl, dass Jakob bei dir geschlafen hat«, sagte Selma plötzlich, »aber das ist nicht schlimm.«

»Ja, eben«, sagte ich missmutig, weil mir das Thema nicht gefiel.

»Aber ich möchte nicht, dass er sich noch mal dein Kleid anzieht.«

»Das weißt du auch?«

»Hat er gesagt: Damit du dich ihm nicht an den Hals wirfst?«

»Ja …«

»Das ist sein Trick.«

»Wofür?«

»Ja, meinst du denn, er kann einfach in ein Damengeschäft reinspazieren und sich ein Flapperkleid aussuchen?«

»Er hat's mir ja nicht gestohlen!«

»Das macht er beim nächsten Mal.«

»Glaub ich nicht.«

»Aber jetzt höre«, sagte sie, »ich brauch ihn, als Mann, verstehst du? Du siehst doch, wie heikel das ist.« Sie erklärte mir, dass Jakob immer in der Nähe sein muss, wenn sie »auf die Jagd geht«. Und heute? »Ein Wagnis, für dich.«

Und trotzdem ließ sie mich unter der Hochbahnbrücke stehen, nach einer so kräftigen Umarmung, dass mir die Luft wegblieb. Dann rannte sie davon.

In meinem Kellerloch überkam mich das Elend, ich weiß nicht warum. Heulsuse!

23. September

Ernst sagte, ich hätte den falschen Umgang. Ich sagte, ich werbe an.

»Wir brauchen nicht jede und jeden.«

»Eben gerade doch!«

»Aber kein Durcheinander.«

»Was meinst du damit?«

»Wir brauchen Disziplin!«

»Werden wir tanzen nach der Revolution?«

Da schaute er mich ein paar Sekunden lang an, mit unendlich traurigem Blick. »Seine Frau ist ihm weggestorben«, hat Nosch gesagt. »Sie war ein Flittchen, aber er ließ nichts auf sie kommen.«

»Lass dir nicht den Kopf verdrehen von Leuten, die behaupten, individuelle Wiederaneignung sei eine revolutionäre Strategie. Nur die Massen können den Umsturz bewirken«, sagte Ernst.

»Und was ist mit den Frauen, die ihre hungernden Kinder satt kriegen müssen?«, fragte ich.

»Sie müssen sich organisieren. Der Kontrollausschuss ...«

... bekämpft die Preiswucherei, ja, ja.

Ich denke, wenn sie alle losgehen und Männer mit Trilbys und Homburgs und Fedoras ausrauben würden, wäre das eine sehr schöne Organisation. Das denke ich nur, weil ich Sehnsucht habe. Würde ich die Parteiarbeit vergessen, wenn ich mit Selma tanzen dürfte?

Ich habe ein sehr schlechtes Gewissen, denn auch ich wurde in der Wiege auf Schuld gebettet.

25. September

Gestern in der Mittagspause sagte Selma: »Wenn Jakob wieder gesund ist, höre ich auf, hier zu schuften.« Das traf mich tief. Heute habe ich sie gemieden.

Ein Liter Milch kostet fast zehn Millionen Reichsmark. Mit einem Dollar könnte man zehn Liter kaufen.

Jugendausschuss. Anschließend Besprechung. Ernst sagte: »Wir fordern, dass die Jugend von der Straße geholt wird, um zu arbeiten.« Das machte mich stutzig und ich fragte: »Wenn wir die Macht haben, werden wir dann immer noch so schuften müssen?«

»Ja, sicher, mehr sogar, aber wir tun es für uns!«

»Bald wird es keine Eigentumsdelikte mehr geben«, sagte Nosch.

»Gibt es die in Sowjetrussland schon nicht mehr?«, wollte ich von ihr wissen. Sie sagte: »Nur von Konterrevolutionären!« Da dachte ich an Selmas Röntgenblick und wie sie Dollars erspürt.

26. September
»Du machst immerzu Politik«, sagte Selma in der Mittagspause. »Und an mich denkst du gar nicht mehr.«

»Ich denke nur an dich!«

»Wenn das so wäre ... aber du lügst ja. Du hast nur Zeit für deine Partei!« Da schrie ich sie an: »Und du denkst nur an Jakob und wann du wieder mit ihm losziehen kannst!«

Ich hatte nämlich diese Bilder im Kopf wie eine Krankheit: Von Jakob, wie er über sie wacht, während sie einen Herrn in teurem Tuch anspricht und ihm die Hand in den Kammgarnmantel schiebt und mit ihm geht ... und später Jakob die heißbegehrten grünen Scheine in die Hand drückt ... so würde es doch sein, wenn er wieder gesund ist!

27. September
Selma wurde in die Packabteilung versetzt, weil sie schlecht gearbeitet hat.

Der Junker hat einen Brief hinterlassen. Zum 1. Oktober muss ich wieder Miete zahlen. Die wurde erhöht. Den Betrag kann ich nicht nennen, weil ich noch nie so viele Nullen gesehen habe. Ich werde meinen ganzen Lohn dafür geben müssen. Im Mieterausschuss heißt es: Wir zahlen nicht. Aber der Junker hat schon ein paar Schlösser auswechseln lassen. Jetzt kommen die Leute nicht mehr in ihre Wohnungen. Ich habe eine Heidenangst davor, mein Kellerloch zu verlieren. Ich hebe meinen Lohn auf. Esse nur noch Brot. Die Kruste ist hart, da kann ich länger kauen.

28. September
Mir zitterten die Hände, aber ich konnte den Akkord halten. Mit einer großen Kiste Geldscheine nach Hause gegangen. Der Junker wartete schon. Die vom Mieterausschuss sagen, er bringt es sofort zur Bank und tauscht die welken Zettel mit den vielen Nullen in frühlingsgrüne Scheine

um. Es wurden wieder zwei Schlösser ausgewechselt. Der Mieterausschuss hat die Parole ausgegeben: »Treffpunkt morgen, Samstag, vor Haus Nr. 10. Brechstangen, Hammer, Stemmeisen mitbringen!«

Ernst hat mir eine Flasche Malzbier gegeben, weil ich so blass bin.

Forderung der Unternehmer: Die Arbeitszeit muss drastisch erhöht werden. Die vollziehende Gewalt im Reich ist auf das Militär übergegangen. Der nächste Generalstreik würde von der Wehrmacht und den Freikorps zusammengeschossen, sagt Ernst. Wir müssen es schlauer anfangen. Und wie? Soweit ich gehört habe, hat unsere Proletarische Hundertschaft ein Gewehr und zwei Revolver.

30. September
Ich lebe in einem wilden Wirbel! Wie konnte das geschehen? Gestern, gegen Mittag, bin ich zusammengebrochen. Ich musste schleifen, schleifen, schleifen, schleifen ... damit die Kammzähne schön glatt sind, also rein mit den Rohlingen in die Kluppen, einspannen, ausspannen, einspannen, ausspannen ... Vorsicht, die Hydraulik hat einen ordentlichen Druck, rein, raus, rein, raus, und immer schön exakt und nicht zu lahm, du Trödlerin ... und plötzlich lag ich vor der Maschine und lautes Jaulen ertönte und irgendwas flog schlackernd herum, jemand fluchte, eine schrie, auf mein Gesicht rieselte feiner Staub, ich wurde schwarz gepudert.

Sie schleppten mich raus an die Luft. Dann war das Gesicht von Selma über mir. Sie legte mir einen Finger auf den Mund. Ich blieb still, konnte gar nicht anders. War da Ernst? Selma hatte Buttermilch in einer Thermoskanne. Die setzte sie an meine Lippen. Ich trank, es war, als würde eine reinigende Kraft in mich hineinfließen. Selma beugte sich zu mir und flüsterte: »Ich bring dich zum Arzt.«

Oh, bitte nicht.

Das war auch gar nicht ihre Absicht.

Wir schlichen durchs Fabriktor, stahlen uns davon. Sie setzte mich auf eine Bank, ging weg und kam zurück mit einer Bockwurst!

Soll ich den Rest auch noch gestehen?

Sie sagte: »Um eines klarzustellen, Jakob ist nicht mein Macker! Ich schaffe nicht an, das tue ich nicht! Und er auch nicht!« (Da dachte ich an den Abend in der Séparée-Bar und wie Jakob sich später von mir verkaufen lassen wollte.)

»Hör zu, Jakob ist wieder gesund, er geht zu einem Freund. Da kann er eine Weile unterkommen. «

»Warum?«

Selma starrte mich an. Ihre grünen Augen loderten. Ich war so schwach, dass ich beinahe in Ohnmacht fiel.

»Wir sind schmutzig«, sagte sie. »Gehen wir in die Badeanstalt.«

Sie zog mich hinter sich her.

Ich sah nichts um mich herum, spürte nur ihre Hand in meiner. Alles verschwamm. Ich weiß gar nicht, wie wir es geschafft haben bis zur Bartholomäusstraße. Ich taumelte und strauchelte, sie musste mich stützen.

Dann Kacheln und Hitze und Rauschen und Zischen. Eine große knochige Frau gab uns Handtücher. Eine »Freundin«, die uns für ein kleines zusätzliches Entgelt in einem günstigen Moment, als niemand schaute, niemand kam, eine Tür aufschloss und mit ihren kräftigen Händen einen riesigen Wasserhahn aufdrehte. Und aus dem dicken Rohr brodelte das heiße Wasser in eine große Badewanne. Ich stand da, glotzte gebannt auf den sprudelnden Strahl und das steigende Wasser. Bevor die Flut überschwappte, drehten die kräftigen Hände den Hahn wieder ab, die Tür krachte zu, Dampf umhüllte uns. Schweigen brach aus, nur fernes Rauschen und Zischen und das Echo traumverlorener Stimmen aus den umliegenden Gewölben. Ich starrte auf die bereitliegenden Handtücher.

Selma, jetzt im Evaskostüm, flehte: »Klara, mach mir keine Schande, bitte.«

Mein Kleid fiel.

Sie hat so hübsche kleine Brüste, ganz rund, und schwungvolle Hüften. Neben ihr komme ich mir eckig vor.

Ich sah die Narbe an ihrer Seite, schreiend rot, drei Zentimeter lang. Sie erschrak: »Was hast du denn da?« Und seltsam: Fast an der gleichen Stelle über meinem Beckenknochen war ein schmaler Ritz, getrocknetes Blut. »Ich weiß nicht.« Ihre Fingerkuppe glitt darüber. Ich erschauerte. »Das ist doch nichts, das muss auf der Arbeit passiert sein. Meine Bluse ist auch ein bisschen zerrissen.«

Ich sagte: »Dein Haar ist wie das Schilf, das den See meiner Träume säumt.«

Sie sagte: »Deine Locken sind wildes Gestrüpp, du bist mein Urwald ...«

Wir stiegen ein. Das Wasser reichte uns bis zum Hals. Es war wunderbar heiß.

1. Oktober

Selma sagt, sie kommt von den Schären, aber das kann nicht stimmen, denn sie spricht kein Wort Schwedisch. Mehr will sie nicht erzählen. Auch nichts von mir wissen. »Wenn du in einen Traum eintrittst«, sagt sie, »gibt es kein Vorher oder Nachher.«

Das stimmt nicht, aber für uns ist es besser so.

Auch in den Träumen ist man nie aus der Wirklichkeit gehoben. Und was sind Albträume anderes als die Wahrheit unter diesen Verhältnissen, in denen wir leben? Eine tote Frau wurde gefunden, kein Kontrollmädchen, sondern eine Mutter, die ihre Kinder nur ernähren konnte, indem sie mit den Männern ging. Ihre Leiche lag hinter dem Kino in Eilbek unter einem Brett. Im »Echo« stand, sie sei »innerlich zerschnitten worden«, verblutet. Ich muss an den Offizier mit dem Pergamentgesicht denken. Was wollte er mit seinem Dolch? Wenn er der Schnitter wäre ... aber hätten wir ihn dann hier in unserer Gegend nicht bemerkt? Hätten Jakob und Selma ihn nicht bemerkt? Trotzdem ...

Nachts bin ich jäh aufgewacht und habe einen Text darüber geschrieben. Heute, nach der Arbeit, bin ich damit zum »Pranger« gegangen. Ketty saß auf der Fensterbank und schaute in den trüben Tag. Als sie mich eintreten sah, sagte sie wieder: »Hallo Lockenköpfchen, schön, dich zu sehen.« Ich gab ihr meinen Text. Es ist kein Gedicht, es reimt sich nicht. Es erzählt auch keine Geschichte. Ketty sagte: »Soldat und Priester, nette Skizze ...« Ich war enttäuscht. Aber sie will ihn trotzdem drucken, weil er »die Mörderfratze des Patriarchats entlarvt«. Sie fragte mich, wie ich den Text nennen möchte.

»Der Schnitter.«

Sie nickte: »Gut, das passt.«

»Es gibt ihn wirklich.«

Da war sie überrascht. Ich sagte: »Vielleicht sollte man ihn suchen, wenn er es ist ...« Sie gab mir den Rat, im Café der Kontrollmädchen zu fragen.

Ich bat sie, in Barmbek in unserer Jugendgruppe zu sprechen. Sie sagte: »Ernst hat angefragt für die große Versammlung. Kommt darauf an, was Nosch dazu meint.«

»Nosch? Was hat die denn zu sagen?«

»In Hamburg alles.«

Ich schaute sie überrascht an. Ein bitterer Zug um ihren Mund.

»Schreib weiter, Genossin«, sagte sie zum Abschied.

Dass sie mich »Genossin« genannt hat, machte mich stolz. Sie!

Abends legte ich mich zu Selma, und sie fragte: »Wo warst du so lange?«

»In der Redaktion des ›Pranger‹.«

»Bist du verrückt geworden?«

»Wieso?«

»Also bitte, was hast du denn damit zu tun?«

»Ich habe einen Text geschrieben.«

»Für die Hurenzeitung?«

»Aber ja, auch das gehört zum Kampf.«

»Huren für den Kommunismus?«

»Ja.«

Da lachte sie albern. Das gefiel mir nicht.

Ich sagte: »Ketty ist sehr wohl der Ansicht, dass ...«

Da fuhr sie mir über den Mund: »Ach, um die geht es also!«

»Nein!«

»Ich sehe doch, wie jedes Mal deine Augen leuchten, wenn du ihren Namen sagst.«

»Meine Augen leuchten nur für dich, Selma.«

»Wirklich?«

»Ja.«

»Wirklich?«

»Ja!

»Wirklich?«

»Ja!«

»Beweise es!«

Wir schauten uns so lange in die Augen, bis wir derart laut stöhnten, dass unten jemand gegen die Decke klopfte.

Dass ich nach meinem Besuch in der Redaktion im »Hurencafé« war, habe ich Selma nicht erzählt.

Was mir beim letzten Mal nicht auffiel: Sie haben den Namen auf die Glastür gemalt, so stolz sind sie! Erst schauten sie mich schräg an, aber als ich Grüße von Ketty bestellte und sagte, ich schreibe für den ›Pranger‹ ... wurde ich zur Mitstreiterin. Es war ein eigenartiges Gefühl, mit diesen Arbeiterinnen (ja!) Limonade (mit Schuss) zu trinken und anerkannt zu sein. (Ich musste da ein Gefühl wegschieben in meinem Innern, eines, das sich sträubte, eines, das wahrscheinlich noch vom Bibliothekar dort eingepflanzt worden war, von diesem Hochmütigen!)

»Sei froh, dass du Arbeit hast, Süße«, sagte Maxi, die Älteste (sie sind alle älter als ich). »Und wenn du mal einen findest, der dir das Blaue vom Himmel verspricht, wenn du dich kippen lässt, dann lass ihn sausen. Dafür bist du nicht gemacht, so zart und fein ...«

»Mit Männern hab ich nichts am Hut.«

Sie deutete auf mein Beret: »Aber schnell einen an der Mütze!« Das fanden wir alle lustig und lachten.

Dann fragte ich nach dem einarmigen Offizier. »Mit einem Dolch? Wie ein Kreuz?«, wunderte sich Maxi. »Bist du sicher, dass du das nicht geträumt hast?« Ich zeigte ihr meinen Text. Sie las und bekam dabei tiefe Furchen auf der Stirn. »Das hast du geträumt«, sagte sie.

Auf dem Nachhauseweg fragte ich mich, ob es nicht auch schon sehr schlimm wäre, wenn ich ihn nur geträumt hätte. Auch da hilft es ... zu schreiben.

2. Oktober

Aber wie kann man schreiben angesichts des Grauens? Wie soll man lieben und leben?

Als ich heute heimkam, war das ganze Haus in Aufruhr. Sie standen schreckensbleich im Treppenhaus. Manche redeten unentwegt, andere schwiegen, hier und da ein Schluchzen, Raunen bei den Männern, unterdrücktes Husten. Nora hat sich umgebracht. Und das Baby dazu. Gegen Mittag muss es passiert sein. Theo war nicht zu Hause und wurde verschont. Er sagt, er habe es getan. Das kann aber nicht sein, denn das Baby wurde von Nora erwürgt, bevor sie sich aufgehängt hat. Der kleine Theo hätte sie nicht unter die Decke hängen können.

Das Elend treibt grausige Blüten. Vielleicht *muss* man darüber schreiben. Nur wie?

Eine tiefe Niedergeschlagenheit hat mich erfasst. Eben noch Selmas Mund, und jetzt ...

3. Oktober

Eine »kommunistische Jugendbande« hält die Polizei zum Narren und plündert Nacht um Nacht die Villen auf der Uhlenhorst und in Harvestehude. Die Schupos wollen Hilfe von der Hafenpolizei, weil man vermutet, sie würden die Grundstücke mit Booten anfahren. Ist Jakob dabei? Ich wäre stolz auf ihn.

Als ich Selma nach der Arbeit deswegen fragte, legte sie mir einen Finger auf den Mund. »Heute habe ich keine Zeit für dich«, sagte sie lächelnd.

Ich spürte ein Ziehen in meiner Brust. »Ist er bei dir?«

Wieder der Finger.

Sie zog mich hinter einen Baum und gab mir einen Kuss. Dann stolzierte sie davon mit wiegenden Hüften. Schwingt sie die wirklich nur für mich?

Eine jähe Angst überfällt mich: Wenn sie jetzt mit Jakob ... so wie früher ... wird sie dann die Fabrik verlassen?

Und ich?

Da steht Ernst neben mir. »Bist du vorbereitet?«

In der Gruppe studieren wir Lenins Kunst des bewaffneten Aufstands.

»Ja, sicher«, sagte ich. Dabei war ich es nicht. Der Liebe wegen. Aber das kann ich Ernst natürlich nicht sagen. Ich habe sowieso den Eindruck, dass er uns ständig beäugt. Manchmal ist er mir lästig.

4. Oktober

Mitternacht war längst vorbei, da rumpelte es an der Tür. Ich befürchtete Schlimmes, schlich leise hin und horchte. »Klara! Mach auf!« Es war Jakob. Ganz in Schwarz. Er machte sich einen Scherz daraus, seine Strickmütze übers Gesicht zu ziehen wie ein Gangster im Kintopp. Ich falle ihm um den Hals, lache. Ich freue mich so, ihn zu sehen! Er nimmt den Tornister vom Buckel und schnallt ihn auf.

»Heute kein Cognac«, sagt er und zieht ein Kleid hervor. »Es ist Herbst, du brauchst was Warmes.« Ein Flapperkleid in Grün mit einer Brosche aus Silber in Form eines Mondes.

»Das soll warm sein?«

»Man kann es warm machen.« Damit zog er ein Stück Stoff hervor. Ein weißes Schultertuch. Und dann noch einen Glockenhut mit Schleife.

»Du spinnst ja«, sagte ich.

Und Schühchen mit Absätzen!

»Zieh an!«

Kurz zögerte ich, aber dann ... als ich mich wieder umdrehte, war er in mein Sommerkleid geschlüpft. Verlegen schaute er mich an. Streckte die Arme aus. »Wir bräuchten Musik.« Ich zuckte mit den Schultern. Und da erst fiel es mir auf: »Bist du denn gar nicht bei Selma?«

»Sollte ich?«

»Ja, ich dachte ... sie sagte ...« Mir wurde unwohl.

»Nein, sie hat zu tun heute.«

»Sie hat zu tun? Heute Nacht?«

»Ja, offenbar.«

»Was denn?«

»Das entzieht sich meiner Kenntnis.«

»Glaub ich nicht ...«

Er hob die Schultern. Eine andere Verlegenheit, als würde er mir etwas verheimlichen. »Tanzen wir jetzt dein neues Kleid ein?«

Da schrie ich ihn an, Lügner, Verräter, Feigling ... verpasste ihm eine Ohrfeige, noch eine. Er zog sich hastig wieder um und verschwand.

Die Klamotten ließ er zurück. Ich warf sie in die Ecke und konnte die ganze Nacht nicht mehr schlafen.

Er muss dann doch bei ihr gewesen sein, denn in der Fabrik machte sie sich unsichtbar. Aber ich sah sehr wohl, wie sie mit Ernst sprach, der sie am Arm fasste, als sie die Mauer entlang Richtung Kohlenhalde ging. Eine Arbeiterin feixte deswegen.

5. Oktober
Wieder eine schlaflose Nacht. Selma geht immer noch an der Mauer entlang in der Pause. Ich will sie trotzdem haben, ganz gleich, was sie tut. Meinen Stolz habe ich dennoch. *Sie* muss kommen!

6. Oktober
Ich konnte nicht mehr. Verletzte mich mehrmals beim Bimsen. Keine Konzentration. Immer nur der Gedanke: Was macht Selma gerade? Habe ihr nachgestellt. Diesmal ging sie hinter die Zinnschmelze, vorbei an der Kohlenhalde am Kanal. Und da stand sie mit Ernst. Er redete auf sie ein, gestikulierte. Sie hat kokett eine Hand in die Hüfte gestemmt, ein Bein nach vorn gestellt, provokant. Was spielt sie ihm da vor? Was will sie von ihm? Kurz wirkte es, als wollte er ihr eine Ohrfeige verpassen. Da sah sie mich und trat zwei Schritte beiseite. Ich wusste nicht, was ich tun sollte. Ich war aufgewühlt, ohne zu wissen, was in mir wühlte. Ernst folgte ihrem Blick und stapfte davon. Als hätte er mich nicht erkannt.

Selma ging auf mich zu, mit großen Schritten wie ein Mann. Ich wartete. Sie packte meinen Nacken und zog mich an sich. Ich legte eine Hand über meinen Mund. Sie sagte: »Heute gehörst du mir!« Da nahm ich die Hand weg. Ihre Zunge schmeckte salzig.

Wir bekamen Fabrikgeld als Lohn, Gutscheine für die Geschäfte in der Nähe.

»Damit können wir nichts anfangen«, sagte Selma. Sie hakte sich bei mir unter und wir spazierten los. Ernst stand draußen vor dem Tor, schaute zu, wie Hochbahnen und S-Bahnen über die Eisenbrücken ratterten. Es wäre nicht nötig gewesen, aber Selma rief ihm zu: »He, Ernst, wir machen heute einen drauf, willst du nicht mitkommen?« Sie lachte ihn aus!

Ich sagte: »Was soll das? Hör auf!«

»Wir sind deine Sirenen, Ernst, deine Fabrik-Sirenen!«, rief sie, aber das Rumpeln der Bahnen übertönte ihre Frechheit.

Ich zog sie fort. »Was soll das?«, fragte ich zornig.

»Er hat mir eine Moralpredigt gehalten«, sagte sie lachend. »Ich hasse Moralpredigten!« Moral? Ich verstand nicht gleich. »Ich soll die Finger von dir lassen!«

Dann sagte sie: »Heute gehe ich Schlangen beschwören. Denn dieser ganze Plunder …« Sie hob die Gutscheine hoch und hätte sie weggeworfen, wenn ich sie ihr nicht entrissen hätte. »… ist doch nichts wert. Nicht wenn man seine Geliebte ausführen will!« Und sie drückte mich so kräftig an sich, dass mir die Luft wegblieb.

»Aber du musst auf mich aufpassen«, sagte sie. »Weil Jakob nicht da ist! Wenn er eine neue Flamme hat, wird er unsichtbar. Wer weiß, wo er sich herumtreibt.«

(Im Nachhinein schäme ich mich für sie, aber gleichzeitig frage ich mich, ob es nicht viel schäbiger ist, sich dafür zu schämen, als es zu tun.)

Bei der Gasanstalt, sagte Selma, gibt es eine Straße, wo Automobile unbemerkt anhalten können hinter einer Litfaßsäule. Die Stelle ist bekannt bei Herren mit Devisen. Da kann man zusteigen und den Fahrer rasch in eine Seitengasse abbiegen lassen. Und dort, in einer Nische dicht an der hohen Mauer, kann man die Schlange beschwören. Die anderen, sagte Selma, machen das bis zum Schluss. Sie aber nutze die Unaufmerksamkeit des Herrn, um an seine Börse zu kommen. Und schon ist sie draußen, »bevor der gute Mann seine Schlange gebändigt und wieder eingepackt hat.

Dass ihm nicht nur der billige Genuss, sondern auch sein Geld abhandengekommen ist, kriegt er erst spitz, wenn ich schon über alle Berge bin.« Nur braucht sie eine Wache. Und das war bislang Jakob.

»Ich gebe mich dafür nicht her«, sagte ich.

»Du musst nur hinter der Mauer warten. Hier ...« Sie hielt mir eine Trillerpfeife hin. »Reinpusten, wenn ich schreie.« Das sei aber noch nie vorgekommen.

»Nein, ausgeschlossen.«

Sie drängte mich gegen einen Baum. »Ich führe dich aus. Kino! Nachtcafé!«

»Nicht so ...«

Sie ließ ihre Haare wehen: »Sieh doch, ich hab mein Schilf getrimmt für dich!«

Ich dachte an die Hände unter dem Stoff. Und wie anders es doch ist, wenn kein Stoff zwischen den Körpern ist, sondern nur Wahrheit. Meine Sehnsucht nach Wahrheit war unendlich groß. Aber ich sagte nein.

Schüttelte den Kopf. »Niemals!«

Selma stand da, mit offenem Mund, die Augen weit aufgerissen: »Schämst du dich etwa für mich? Willst mir Moralpredigten halten? So wie Ernst? Und dann brauchst du mich doch!«

»Was ist denn mit Ernst?«

»Schnepfe!« Sie drehte sich um und stürmte davon.

7. Oktober

Es ist doch besser so. Es gibt Wichtigeres als kleinbürgerliches Glück. Am Abend die Frauenversammlung mit Nosch. Wir sind jetzt gut organisiert. Demonstrationen, Blockaden, aber keine Übergriffe. Organisation geht vor. Disziplin. »Wir werden sie bald benötigen«, sagte Nosch. Und: »Sowjetdeutschland liegt in der Luft. Bald werdet ihr satt. Es werden schon Frachter beladen in Petrograd, mit Weizen.« Die Frauen schwiegen, es lag Hoffnung in der Luft. Bald ...

Danach saß ich mit ihr beim Tee im Parteibüro. Sie hat dort einen Samowar im Schrank. Sie sagte, Moskau rechnet mit einer deutschen Revolution. Spätestens im November. Ich fragte: »Weil es bald noch mehr Arbeiterregierungen geben wird?«

»Wir brauchen keine Parlamente, sondern Sowjets! Mit den Sozialdemokraten«, höhnte sie, »bist du verraten, sieh sie dir doch an: Sie gehen mit Stresemann. Kettenhunde der Bourgeoisie!«

»Warum hat Ketty heute nicht gesprochen?«

»Die mit ihren Kontrollmädchen ... sie ist auf Abwege geraten, hat sich in ein Scheingefecht verrannt. Die Arbeiterinnen sind nicht begeistert.«

»Die Arbeiterinnen wissen doch sehr gut, wie schnell man auf der Straße landet.«

»Das dürfen wir nicht zulassen! Wer den Körper verkauft, macht sich zur Ware, Selbsterniedrigung, Seuche ... Schwäche!«

Da dachte ich an Selma ... »Was hat Ernst eigentlich mit Selma zu tun?«

Da stutzte sie. »Was für eine Selma?«

»Die Flachsblonde aus der Gummifabrik«, meine Stimme zitterte.

»Wenn er sie für die Partei gewinnen will, soll es mir recht sein.« Sie lächelte säuerlich (soweit sie lächeln kann): »Er hat ein Faible für junge Frauen, er ist ein guter Anwerber ... das weißt du doch.«

»Was heißt das?«

Sie kniff die Augen zusammen. »Trink deinen Tee, er wird kalt.«

»Was heißt das?«, beharrte ich.

»Nichts, was dich stören müsste, Klara.«

»In der Fabrik stehen die beiden manchmal zusammen ...«

»Wir hätten sie gerne in der Partei, aber sie hat doch sehr

individualistische Auffassungen. Du kennst ja Ernst, er überzeugt gerne, möchte alle auf Linie bringen.«

»Sie ist doch gar nicht in der Partei.«

»Ja, eben. Manche Frauen sind nicht dafür gemacht, sich unterzuordnen.« Wieder dieses säuerliche Lächeln. »An ihr beißt er sich die Zähne aus. Genau wie früher an Ketty.« Den letzten Satz hätte sie lieber nicht gesagt, das sah ich ihr an.

»Wie denn?«

»Er ist ein Romantiker, auch er, er vor allem.« Sie zögerte kurz. »Er träumt davon, dass eine mit wehenden Haaren neben ihm die Zitadelle der Macht erstürmt. Sucht seine Marianne. Aber wehe, wenn seine Freiheitsgöttin anderen ihre Brüste zeigt, dann wird er kiebig«, sagte sie spöttisch.

Ihr Ton machte mich wütend und ich gab zurück: »Und du, was suchst du?«

»Nichts. Ich bin eine Soldatin der Revolution. Ich befolge Befehle.«

»Wessen?«

»Die der Zentrale in Moskau, was denkst du denn? Die Bolschewiki haben die Revolution schließlich schon gemacht.« Kalter Blick.

Ist das die einzige Leidenschaft, die dich antreibt?, dachte ich.

»Und deine Bücher? Du schreibst doch Romane!«

»Ach, das hast du herausgefunden?« War da ein Anflug von Hochmut in ihrem Gesicht?

»Ja. Und wozu schreibst du?«

»Das sagte ich doch. Für die Revolution.« Sie trank ihren Tee und stellte den Samowar zurück in den Schrank. »Alles andere sind Abwege.« Ihr Gesicht war wie eine Wand.

Es regnete, als ich das Parteibüro verließ. Dass Nosch Bücher schreibt, wusste ich von Ernst. Er bewunderte sie dafür. Die Bücher handelten von kämpferischen Proleten und aufopferungsvollen Revolutionären. Eins beschreibt den Aufstand von nordischen Fischern gegen ihre Ausbeuter, ein anderes den heldenhaften Kampf von Kommunisten in einem fernen Land im Osten ... »Von den Opfern, die sie bringen, bis zur Aufgabe des eigenen Selbst, bis in den Tod ...«, hatte Ernst mit leuchtenden Augen gesagt.

Als ich durch den Regen ging, dachte ich: Wenn ich mich aufgebe, in den Tod gehe ... wofür dann das alles?

Der Regen prasselte gegen das Kellerfenster. Mein Bett war kalt. Das Sommerkleid am Haken an der Tür könnte ich ins Pfandhaus bringen.

Wir müssen uns nicht opfern, wir sind schon geopfert, wir sind nur Leiber, produziert von einer Frankenstein-Fabrik als Menschenmaterial für andere Fabriken. Man hat uns Industrie-Golems einen gefalteten Geldschein in den Rachen geschoben und uns damit zum Leben erweckt. Man hat uns gelehrt, Arme und Beine zu bewegen im Takt der Maschinen. Und wozu? Wir sind längst tot! Und entblößen die Brust, wozu? Damit einer uns den Dolch mitten ins Herz treiben kann?

Ich schlief so fest, dass ich das Poltern an der Tür für ein Donnergrollen hielt. Bis ich meinen Namen hörte. Die Gasfunzel draußen an der Hauswand verströmte gelbliches Licht, das Fensterkreuz warf einen Gitterschatten in meine Zelle.

»Klara!« Schrill.

Ich war so benommen, dass ich nicht mal fragte, wer es sei.

Selma stürzte gegen mich, klammerte sich fest, schluchzend. Meine Arme hingen taub herab.

Ihre Unterlippe war aufgeplatzt, blutend. Ihr rechtes Auge geschwollen. Sie zitterte. Sie war nicht nur nass, sie war dreckig.

»Er hat mich verprügelt!« Ihre Stimme überschlug sich. »In die Gosse gestoßen!«

»Wer? Der Offizier?«

»Welcher Offizier?«

»Hat er zugestochen? Bist du verletzt?«

»Was?«

Ich stieß sie von mir, riss ihr den Mantel vom Leib, zerrte an ihrem Kleid, sie schlug um sich, ich bückte mich, umfasste den Saum und zog den Stoff hoch, riss ihn ihr über den Kopf, ging in die Knie, schob ihr roh den Schlüpfer herunter samt Strumpfband und allem – und suchte nach dem Stich, nach der blutig klaffenden Wunde, dort, wo der Offizier das spitze Kreuz in ihre Seite getrieben hatte, um sie zu vernichten ... da war nichts, nur die dünne Narbe, längst verheilt. Ich umklammerte sie, und ihre ganze Nacktheit war wie eine Erlösung.

Ich hörte sie schluchzen. »Klara!«

Sie zog mich hoch. Ihre Hände glitten unter den Stoff meines Nachthemds. Da war keine Lüge mehr, da war nur Wahrheit.

8. Oktober

Selma sagt, zieh zu mir. Jakob ist fort. Ich brauche doch einen Menschen! Ich zögere. Soll ich? Darf ich? (Wer wollte es mir verbieten? Wer hätte das Recht? Warum zögere ich dann?)

Wir saßen im Café und gaben alle unsere Gutscheine fort. Man strafte uns mit Blicken, als wäre das verboten. Oder als wären wir verboten. Vielleicht liegt es daran, dass Selma aussieht wie eine Verbrecherbraut mit ihrem Veilchen und der geschwollenen Lippe.

Selma fragte: »Findest du mich schmutzig?«

»Du trägst doch mein Kleid.«

»Innerlich«, beharrte sie. »Wegen der Schlangen.«

»Du bist doch nicht mal ein Kontrollmädchen«, sagte ich. Und erzählte ihr von Ketty und ihrer Arbeit. Von den organisierten Mädchen auf St. Pauli.

Sie kniff die Augen zusammen: »Du und deine kommunistischen Huren …«

»Sie kämpfen für die Befreiung der Liebe!« Ich beschrieb Kettys Wagemut bei der Entlarvung der bürgerlichen Doppelmoral.

Selma nickte nachdenklich. Dann sagte sie: »Befreiung kann doch nur heißen, dass wir uns alles erlauben dürfen, was wir uns erlauben wollen, oder?« Sie machte eine Pause und fügte hinzu: »Dass *ich* mir alles erlauben darf!«

»Es geht nicht ums Ich, es geht ums Wir!«, widersprach ich.

»Na klar.« Ihre Augen funkelten.

Ich hatte den Eindruck, dass sie mich nicht verstand. Wir, das war doch die ganze Bewegung, das war der gemeinsame Kampf, konsequent, so wie Ketty ihn führte.

Ich beschrieb meine Besuche in der Redaktion und wie ich Ketty erlebt hatte, die Füchsin mit den lebhaften Augen und der kecken Baskenmütze und wie sie Worte sagte, die wirklich von einer Revolution kündeten, nicht von Parteiarbeit, Parteiarbeit, Parteiarbeit … sondern von Leben und Leidenschaft!

Selma lehnte sich zurück und sagte schnippisch: »Aber du bist ja verschossen in diese Frau!«

Nein, sagte ich. Doch, sagte sie.

»Du bist eifersüchtig«, sagte ich, und es muss wohl sehr erstaunt geklungen haben.

»Ja, das bin ich!« Selma legte ihren ganzen Stolz in diese Aussage. Und ihre grünen Augen flimmerten.

Die Wolken rissen auf. Sonne! Wir gingen nach Eilbek. Im Kino nehmen sie unsere Gutscheine. Die letzten. Wir sahen zwei Filme von Lubitsch. Auch wir wollten kein Mann sein, sondern Austernprinzessinnen. Und gerieten nach dem Film in einem Nachtcafé ins Foxtrott-Fieber. Selma hatte noch ein paar grüne Scheine. Die brauchte sie gar nicht, denn wir trafen Jakob – ebenso betrunken wie wir –, der uns wortreich erklären wollte, dass wir Männer werden müssen, damit wir die Frauen bleiben können, die wir sein wollen. Dann bemerkte er einen Ziegenbart mit Homburg und suchte das Weite, weil er glaubte, es handelte sich um einen Polizeispitzel. Falls dem so war, spielte der Herr seine Rolle als Professor Unrat bravourös, fanden wir und lachten uns darüber kaputt.

Viel zu spät kamen wir in Selmas Bude an. Unterm Dach, aber ein luftiger Palast im Vergleich zu meinem modrigen Kellerloch. In der morgendlichen Dämmerung schaue ich durch die Luke über die Stadt und staune. Und sonst … schaue ich *sie* … und wir staunen uns beide an …

Von wegen! Die Fabrik ruft! Sputet euch, Arbeiterinnen!

Sozialismus, das ist Schufterei als Religion, hatte Jakob im Nachtcafé erklärt. Er hat keinen Stolz.

10. Oktober

Das verborgene Glück ist aus seinem Versteck getreten und hat sich bei mir untergehakt. Im Morgengrauen lassen wir voneinander ab, schlagen die Bettdecke auf, springen heraus in den neuen Tag und gehen Seite an Seite ins Werk. Teilen unser Brot in der Mittagspause, werfen uns heimliche Blicke zu, wenn wir in derselben Halle arbeiten. Es ist, als wäre ich aus einem Nebel aus Taubheit und Taumel in eine Zone der Ruhe getreten, als hätte die Welt Abstand genommen davon, an mir herumzuzerren und zu zupfen, zu nörgeln und zu fordern. Wenn Selma neben mir geht, steht die Welt Spalier und wir gehen hindurch wie zwei Königinnen. Zum Glück weiß die Welt nichts davon, wie wir sie empfinden, sonst würde sie schnell Maßnahmen ergreifen … aber diesen Gedanken schieben wir beiseite.

Auch Ernst schieben wir beiseite, der uns misstrauisch anschaut, wenn er in seiner schweren Schürze aus der Gluthöhle der Schmelze hervortritt, um sich im Herbstwind abzukühlen. Wir lachen über ihn, weil er immer eine Zigarette raucht und es aussieht, als würde er die Glut einsaugen, weil er ohne Feuer nicht leben kann. »Vielleicht ist er ein Feuergott«, flüsterte Selma scherzhaft. Und ich sagte: »Vulcanus vulkanisiert sich innerlich.« Wir kicherten wie Backfische über diese alberne Bemerkung, aber dann ging's gleich wieder ans Schleifen und Bimsen und Schleifen und Bimsen …

11. Oktober
Heute hat Ernst mich beiseitegenommen. »Du machst dich rar«, sagte er, »das ist nicht gut. Du gerätst auf Abwege. Du lässt die Parteiarbeit schleifen. Aber jetzt ist Disziplin nötiger denn je.« Anstatt mich in Nachtcafés mit »dekadenten Gestalten« herumzutreiben, solle ich lieber mit Nosch zusammen die Jugend auf Trab bringen. Er sei jetzt beim OD gefordert. Weiß ich alles. Ich weiß, was sie am Wochenende tun, wenn sie frühmorgens zum »Picknick« aufbrechen. Ich sagte: »Wieso gehen da nur die Männer mit, können wir Frauen etwa keine Gewehrattrappen schwenken? Wer hat denn die Barrikaden der Pariser Kommune bis zum letzten Blutstropfen verteidigt?« Da wurde er böse. Ich solle aufhören, mich herumzutreiben und überflüssige Filme anzuschauen, die nur die Klassenmoral untergraben. Ich frage, woher er so viel über mich weiß.

»Man sieht dich doch herumludern!«

Da musste ich natürlich Bebel zitieren: »In der Liebeswahl ist die Frau gleich dem Manne frei und ungehindert. Sie freit oder lässt sich freien und schließt den Bund aus keiner anderen Rücksicht als auf ihre Neigung.«

»Mit Schwuchteln umherziehen hat damit nichts zu tun!«

Beinahe hätte ich ihm eine Ohrfeige verpasst, aber ich drehte mich nur um und ging.

Selma wartete am Tor auf mich. Ich ging verbissen auf sie zu. »Ernst hat Jakob eine Schwuchtel genannt.« Selma drehte sich um und warf ihm einen abschätzigen Blick zu: »Der ist doch verklemmt wie ein Priester. Auf unserer Schäreninsel war der Pastor allgegenwärtig. Wenn es regnete, nahm er dich unter seinen Schirm. Wenn Nebel kam, wies er dir den Weg. Bei Sturm hielt er dich fest. Und wenn es dunkel wurde, stand er am Wegesrand und wachte … eines Tages fehlte ihm ein Auge. Ich weiß nicht warum.«

»Aber ich habe ein schlechtes Gewissen wegen Jakob. Haben wir ihn ausgeschlossen?«

Selma lachte: »Bruno sagt, Jakob hat mal wieder seine große Liebe gefunden und fällt aus.«

»Bruno?«

»Der Fassadenkletterer.«

»Jakob lässt seine Freunde hängen?«

»Mal wieder. Das kennen die schon. Also keine Angst: Länger als vier Wochen hat das noch nie bei ihm gehalten. Er kommt zurück. Und dann wird er uns auf die Bude rücken und lästig werden. Das heulende Elend wird ihn überkommen. Im Moment ist er der Austernprinz bei seinem Austernkönig und anschließend will *er* kein Mann mehr sein. Dann musst du auf dein hübsches Kleid aufpassen, sonst spaziert er damit davon.«

»Wenn er dann bloß nicht auf Ernst trifft.«

»Oh ja! Der reißt es ihm vom Leib!« Da konnten wir wieder lachen.

Trotz aller Leichtigkeit mit Selma geht mir vieles durch den Kopf. Wie konnte es sein, dass es in einem Bücherschrank das große Buch von Bebel gab, der Besitzer des Bücherschranks aber die Rechte der Frauen missachtete? Warum hatte er mir gesagt, ich könnte das Buch erst später richtig verstehen? Wieso hatte er mich geschlagen, als ich ihm Zitate daraus an den Kopf warf? Wieso musste ich vor einem flüchten, den alle für einen Freiheitskämpfer ansahen? »Du gerätst auf Abwege« – so hatte auch er gesprochen, den ich irgendwann nur noch »Bibliothekar« nannte, denn ich wollte keine Verwandtschaft mehr. »Widme dich lieber dem Klavierspiel, Klara!« Ha! Und dann war es ausgerechnet die Klavierlehrerin, die mich auf Abwege brachte. Und als sie vor ihm auf dem Boden lag wie eine Gesteinigte, musste ich ausbrechen aus meinem Gefängnis. Ausbrechen muss man offenbar immerzu.

12. Oktober
Große Anspannung. Für Eigenes scheint kein Platz mehr zu sein. Denn jetzt wird Weltgeschichte gemacht! Der Vorsitzende der russischen Kommunisten, Josef Stalin, hat einen Brief an unseren Vorsitzenden Thalheimer geschrieben, in dem er die herannahende deutsche Revolution als das wichtigste Weltereignis unserer Tage ankündigt. In Sachsen haben SPD und KPD eine Arbeiterregierung gebildet. Es geht voran! Ich nehme mir vor, doch mehr Parteiarbeit zu leisten.

Ernst und Nosch haben mich im Parteibüro ins Gebet genommen. Scheinbar meinen sie es gut mit mir. »Du bist unverzichtbar in der Jugendarbeit, Klara. Man hört auf dich. Man schätzt deine theoretischen Kenntnisse. Wir schätzen deinen Einsatz. Aber …«

Die Welt ist gepflastert mit diesen »Abers«. Seit ich denken kann, wundere ich mich über die Existenz dieses Wortes. Es kommt mir unnatürlich vor. Scheint die Sonne, gibt es kein Aber. Kommen Wolken, dann kommen sie eben, was hat das mit »aber« zu tun? Es regnet ohne Wenn und Aber, und schließlich kommt die Sonne wieder zum Vorschein – und sie präsentiert keine Rechnung, wirft den Wolken keine Disziplinlosigkeit vor, drängt den Wind nicht dazu, sich einzureihen in die revolutionäre Front – weil der Wind von sich aus schon revolutionär ist!

Nun aber (!) Nosch: Sie hat ein Zimmer für mich gefunden, sagt sie. Gut, das ist nett von ihr, denn ich habe ihr einmal wortreich mein Kellerloch beschrieben in allen Einzelheiten. Aber inzwischen bin ich doch oft oben unterm Dach bei Selma … was Nosch nicht gefällt, auch wenn sie es nicht sagt. »Du brauchst Ruhe«, sagt sie, »du sollst Aufrufe verfassen. Artikel für die ›Volkszeitung‹ schreiben.«

»Auch Gedichte?«, werfe ich ein.

»Gedichte schreiben wir wieder nach der Revolution.«

»Ich bleibe in meinem Kellerloch.« Da schauten Nosch und Ernst sich an wie zwei Eltern, die über ihr ungezogenes Kind seufzen. »Dort kann ich sehr gut schreiben«, fügte ich hinzu. »Die Jugend wird organisiert, und was ist mit den Frauen? Sollen sie revolutionäre Heimchen am Herd bleiben und ihren wackeren Kämpfern das Brot backen?«

»Die Frauen werden ebenfalls organisiert und ihren Teil dazu beitragen. Es wird eine Versammlung geben, Ketty wird sprechen. Sie wird die Rolle der Frauen während des Kampfs erklären.«

»Ketty wird sprechen?« Meine Augen müssen aufgeleuchtet haben, denn kurz hellten sich die Gesichter von Nosch und Ernst auf. »Ja, sicher«, sagte Nosch, »das wird wichtig sein.«

Ernsts Gesicht verdunkelte sich: »Wir werden Stoßtrupps bilden für den Tag X. Auch die Jugend muss vorbereitet sein.«

Nosch stand auf und öffnete die Tür zum Nebenzimmer. Ein Junge trat ein. Bruno. Den hatte der rote Anwalt auch aus dem Knast gepaukt. Zuletzt hatte ich ihn an dem Morgen gesehen, als wir alle verhaftet wurden. Auf der Straße, mit einem prallen Sack voller Beute über der Schulter, einer Zigarre im Mundwinkel und einer Flasche Cognac in der Hand. Jetzt mimte er den braven Genossen, aber ich merkte, wie er mich von der Seite her scheel ansah, mit leicht ironischem Blick. Blonde Haare fielen ihm in die Stirn. Schön geschwungener Mund. Blaue Augen. Fast ein

Adonis, wenn er nicht diesen langen Hals über den breiten Schultern und sehr kräftige Hände gehabt hätte.

»Zeig ihn ihr«, forderte Nosch ihn auf.

Er schob die Hand unter seine Jacke und zog einen Revolver aus dem Gurt.

»Damit könnt ihr eure kleine Truppe schulen«, sagte Ernst.

»Kleine Truppe?«

»Alle ab sechzehn«, sagte Bruno.

Sieh mal an, das war schon abgesprochen, ohne dass ich es wusste.

»Aber keine Munition verplempern. Die wird gebraucht.«

»Klar«, sagte Bruno achselzuckend und steckte den Revolver wieder weg.

»Bruno hat bei Hans alles Nötige gelernt«, sagte Ernst. »Er wird euch schon auf Vordermann bringen.« Hans war bis vor Kurzem militärischer Leiter der Partei in Barmbek gewesen und wegen irgendwelcher Querelen abgesetzt worden. Da er aber eine Ausbildung in Moskau bekommen hatte, konnte man bei der Schulung auf ihn nicht verzichten.

»Pfadfinderausflug in die Lüneburger Heide«, sagte Bruno lächelnd. »Halt dich bereit.«

Ein Wochenende mit viel Disziplin und einem großen ABER …

Als ich mich auf dem Roten Platz von Bruno verabschiedete, sagte er: »Ich sehe dich öfters mit dieser kleinen Blonden …«

»So klein ist sie nicht.«

»Sie hat mich neulich nach Jakob gefragt.«

»Ja, sie ist mit ihm befreundet.«

Er grinste hilflos. »So eine?«

»Was soll das heißen: So eine?«

»Vom andern Ufer, so wie er …«

»Vom gleichen Ufer wie ich!«

Sein Grinsen wurde immer schiefer. »Ach, äh …« Das machte ihn tatsächlich verlegen! Hastig fügte er hinzu: »Und wie heißt sie?«

»Selma.«

»Hmm …« Er setzte eine genießerische Miene auf und ich beeilte mich hinzuzufügen: »Aber die kriegst du nicht.«

»Nein?« Das schien er kaum glauben zu können. Zufrieden grinsend ging er davon.

Sie würde dir den Revolver stibitzen, ohne dass du es merkst, dachte ich. Dafür müsste sie nicht mal deine Schlange beschwören, du Idiot.

Ernst stand bei einer Gruppe Arbeiter und schaute zu uns. War es seine Idee gewesen, uns zusammenzubringen, oder die von Nosch? In letzter Zeit hatte ich den Eindruck, dass vor allem Nosch die Entscheidungen traf.

Wie sollte ich Selma erklären, dass ich am Wochenende keine Zeit für sie hatte? Unschlüssig ging ich in mein Kellerloch.

Im Hinterhof standen mehr Fenster als sonst auf, Frauen starrten hinaus, hielten ihre Kinder zurück. Ein Mann hielt eine Tür auf. Zwei andere traten heraus, einen schlaffen Körper zwischen sich. Sie legten ihn auf eine bereitstehende Trage. Willi, ehemaliger Hafenarbeiter. Er wohnte in einem winzigen Zimmer am Ende des Korridors im dritten Stock gegenüber. Hatte gewohnt.

»Verhungert«, sagte der Mann, der nun die Tür ganz vorsichtig zuzog. »Hat sich in seiner Bude eingeschlossen und niemandem etwas gesagt. Und das Verrückte: Seine letzten Geldscheine hat er verbrannt.« Er schüttelte den Kopf.

13. Oktober

Mich ergriff eine solche Traurigkeit, dass ich mich ins Bett legte und mir die Decke über den Kopf zog. In der Nacht wachte ich auf, schrieb ein Gedicht über den Hunger des Geldes nach Menschenfleisch. Es war sehr schlecht und ich zerriss es sofort. Dann schlief ich unruhig und fuhr jäh auf mit einem Bild im Kopf von einem Revolver, der sich auf mich richtet, und einer rot glühenden Kugel, die ganz langsam auf mich zufliegt wie ein Insekt, das mich durchbohren will … es wurde ein Kugelschwarm, ich lenkte ihn ab … und ein durchbohrter Frauenleib fiel zu Boden wie eine tausendfach perforierte Notenrolle … während der Ragtime des Pianolas im Nachtcafé schrill entgleiste … und die Tschakos hereinstürzten, um mit ihren Gummiknüppeln aus der Produktion der Barmbeker Gummiwaren-Compagnie das Mobiliar zu zerschlagen … auf der Suche nach dem Revolver, den sie schließlich unter der Notenrolle fanden … und die letzte Kugel auf eine Venusfigur abfeuerten … die oben auf dem automatischen Klavier platziert … ohne Arme hilflos dem zerstörerischen Treiben zuschaute …

Ich schrieb ein neues Gedicht. Darf man überhaupt noch Gedichte schreiben, wenn die Revolution vor der Tür steht? Ich glaube nicht. Aber dieses Gefühl von Macht, das ich spürte, als ich meine delirierende Fantasie in Worte fasste, hatte ich nicht mal empfunden, als ich den Revolver von Bruno entgegennahm und er sagte: »Der ist scharf geladen.«

Ich ging mit meinem Gedicht zum »Pranger«. Enttäuschung: Ketty war nicht da. Nur der schlaksige Kerl mit der Nickelbrille, dessen Alter ich nicht schätzen konnte, weil der Rauch zahlloser Zigaretten seine vertrocknete Gesichtshaut bräunlich verfärbt hatte.

»Ketty ist in Berlin. Was hast du denn für uns?«

Für ihn hatte ich gar nichts, aber was sollte ich tun? Ich war noch immer wie benommen von Willis Tod. Ich zog den Umschlag mit meinem Gedicht heraus und legte ihn auf den Tisch.

Er schaute mich an. Versteinerter Blick. Meine Hand zuckte vor, um den Umschlag wieder an mich zu nehmen. Da kam er flink um den Schreibtisch herum, lehnte sich vor, griff nach dem spitzen Messer, das ich erst jetzt bemerkte, hob es hoch ... und ich sprang mit einem Schrei des Entsetzens beiseite.

Unbeeindruckt schnitt er den Umschlag auf, zog die Blätter heraus und legte sie auf den Tisch, beugte sich darüber und las. Der Rauch seiner Zigarette stieg rechts und links von seinem Kopf auf. Den Brieföffner behielt er in der Hand. Ich wagte nicht, mich ihm zu nähern.

»Nicht schlecht«, sagte er. »Aber ungeeignet im politischen Kampf.«

Da packte mich eine Wut und ich wollte ihm alle Worte entgegenspucken, die ich Ernst gegenüber niemals geäußert hätte (weil er es nicht verstehen würde), aber er fügte hinzu: »Ketty wird es gefallen.«

Nachlässig warf er den Brieföffner auf den Tisch. Es schepperte laut. Ich starrte meinen Text an.

»Keine Angst«, sagte er. »Wir achten gut darauf. Sie wird ihn abtippen, dann bekommst du die Blätter zurück. Und sollten wir mal wieder durchsucht werden ...«, er grinste säuerlich, »... dann wie gesagt: ungeeignet im politischen Kampf. Es hat sich noch nicht bis zur Staatsmacht herumgesprochen, dass Gedichte töten können.« Jetzt sah er mich beinahe freundlich an. Und dann sagte er: »Hör mal, du kennst doch Jakob, unseren Wanderer zwischen den Welten ...«

»Jakob? Woher weißt du was von Jakob?«

»Na, hör mal, du bist doch in Barmbek organisiert. Kennst Ernst und Nosch.«

»Ja, sicher, aber was haben die mit Jakob zu tun?«

Er zögerte. »Sie ... haben ihn empfohlen sozusagen ... er könnte uns von Nutzen sein bei der Entlarvung bourgeoiser Doppelmoral.«

»Wie bitte?«

»Es gäbe da eine Person, die wir gerne an den Pranger stellen würden. Ein strammer deutschnationaler Offizier aus Bremen, der gerne inkognito nach Hamburg kommt nach dem Motto: Lasst wohlbeleibte Männer um mich sein, mit glatten Köpfen ... nur schlafen sollen sie nachts nicht. Bei der Wehrmacht und im Freikorps findet er wohl nicht das Gesuchte ...« Wieder das säuerliche Grinsen. »Den Feind schwächen, wo wir können, bevor er sich wieder an die Spitze der konterrevolutionären Truppen stellt und in Hamburg einmarschiert wie 1919.«

»Spionage?«, fragte ich verblüfft und fügte angewidert hinzu: »So?«

»Was heißt ›so‹? Der Zweck heiligt die Mittel. Den Feind infiltrieren und demaskieren, darum geht es. Wenn du Jakob mal mitbringen würdest. Ketty ist viel unterwegs. Sie muss nichts davon erfahren.«

Mir wurde sehr kalt. Ich verabschiedete mich hastig. Draußen überfiel mich eine Bö und wollte mich umwerfen.

Unbändige Sehnsucht nach Selma.

Sie auch.

Wir taten nichts, außer zu staunen.

Im Morgengrauen stahl ich mich davon zur KJD. Sie stellte sich schlafend.

15. Oktober

Gestern war ein unheiliger Sonntag. Wir brachen früh auf in die Heide, trotz des Regens. Bruno und drei weitere Jungs, ein Mädchen namens Maria und ich. Maria hat pechschwarze kurze Haare und eine Hakennase. Sie ist sehr wortkarg und konzentriert. Die Jungs hatten eine Menge Werkzeug dabei, in Säcken geschultert. Wir Mädchen schleppten den Proviant. Hätten die Schupos uns durchsucht, wir wären aufgeflogen, denn eins der Werkzeuge war mit sechs Patronen bestückt.

Ein Holzschuppen hinter einem Wäldchen mit einer Schutzmauer und einem Gatter, an dessen Pfosten noch die Wolle der hier eingepferchten Schafe hing, diente uns als

Übungsplatz. Sandiger Boden zum Glück, sonst hätten wir im Matsch üben müssen. Immer wieder Regen zwischendurch. Aber wir blieben eisern bei der Sache.

Bruno hat bei Hans gelernt. Er zeigte uns, wie man die Sipo in Schach hält, wie man ein Gebäude erobert, wie man Polizisten entwaffnet, wie man herannahende Panzerwagen unter Beschuss nimmt (hierfür hatten wir nur eine Karabiner-Attrappe), wie man einen Schützengraben aushebt (mehr als einen halben Meter haben wir nicht geschafft). Nach der Mittagspause zerlegten wir einen Teil des Schuppens und bauten eine Barrikade. Bei alledem verschwanden die Unterschiede zwischen den Geschlechtern. Maria ächzte, schwitzte und fluchte wie ein Mann. Ich gebe zu, ich ahmte sie nach. Wir waren gleich. Ich hatte eine kurze Ahnung von dem, was sein könnte.

Aus dem Revolver zu schießen war der Höhepunkt der Exkursion. Ein Schuss pro Person. Mir flog beinahe die Waffe aus der Hand, so heftig war der Rückstoß. Maria traf ins Schwarze!

Auf dem Rückweg machte einer einen blöden Witz darüber. Maria verpasste ihm einen Faustschlag. Auch das gehört zur Gleichheit.

Im strömenden Regen erreichten wir den Bahnhof. Als ich in mein Kellerloch zurückkehrte, war ich durchnässt und zitterte vor Kälte.

16. Oktober

Der Ausflug in die Heide hat mir Halsschmerzen beschert. Das ist ärgerlich. Ich will doch keine Memme sein!

Arbeiterregierung in Thüringen! Zusammen mit Sachsen Roter Block gegen Faschismus und Konterrevolution. Nach Stresemanns Ausnahmegesetz und den Vollmachten für die Reichswehr leben wir praktisch in einer Militärdiktatur ... Teile der SPD begehren auf ... Betriebsrätekongress soll in Chemnitz stattfinden.

Arbeitermacht ist jetzt die einzige Antwort, murmelt Ernst schon seit Tagen. Nosch ist abgetaucht, Parteiführung macht sich unsichtbar. Ein Kurier aus Moskau sei eingetroffen, wird gemunkelt.

Na schön, meinetwegen, aber es muss auch weiterhin geschliffen, gebimst und poliert werden, denn wir brauchen die Gutscheine aus der Fabrik, sonst gibt's überhaupt nichts mehr zu beißen.

Erwerbslose haben die Suppenküche beim Schützenhof gestürmt. Kein Wunder, denn die wöchentliche Unterstützung reicht nicht mal mehr für einen Liter Milch oder ein Pfund Brot. Eine Gruppe Frauen ist bei Heilbuth rein. Sie rissen Wintermäntel aus den Regalen und griffen sich Schals und Pullover. Zwei Schupos, die dazwischengingen, wurden verprügelt. Als der Kaufhausdetektiv einer Frau nachstellte, wurde er von Passanten zu Fall gebracht.

Ernst sagt, die Hafen- und Werftarbeiter werden Delegationen nach Chemnitz schicken. »Es riecht nach Generalstreik.« Truppen aus Norddeutschland sollen nach Sachsen und Thüringen verlegt werden. »Das müssen wir verhindern«, sagt Ernst. Er ist kaum noch in der Schmelze, sondern die ganze Zeit mit Organisieren beschäftigt. Seine Kollegen decken ihn, auch die sozialdemokratischen.

Wir sind angehalten, uns jeden Abend im Parteibüro einzufinden. Jeden Abend – das muss man uns nicht zweimal sagen. Wir gieren nach Neuigkeiten! »Volkszeitung« und »Rote Fahne«, ja sogar das »Echo« gehen von Hand zu Hand. Die Schupos haben den Aushängekasten abmontiert und mitgenommen. Jetzt kleistern wir die Zeitungen wie Tapete an die Mauer. Die Leute stehen davor und verschlingen die Artikel mit gierigen Augen.

Teile der SPD-Reichstagsfraktion fordern Parteiausschluss von Ebert. Haben die endlich was gelernt?

17. Oktober
Mir ist elend. Nicht wegen der Halsschmerzen. Selma schneidet mich. Als wir nach Feierabend nach draußen drängten, schaffte ich es mit Mühe, mich neben sie zu schieben. Sie behauptet störrisch, ich ginge ihr aus dem Weg. Dabei tut sie es doch!

18. Oktober
Zu den Halsschmerzen kommt jetzt noch der Schnupfen. Ich war heute so benommen, dass mir die Kämme aus der Hand fielen. Die Vorarbeiterin schickte mich zwei Stunden vor Feierabend nach Hause. Gab mir eine halbe Stulle mit.

»Du bist blass, Kindchen.«

Das Bett in meinem Kellerloch kam mir vor wie eine Gefängnispritsche. Die Bettdecke drückte tonnenschwer auf meine Brust. Ich rang nach Atem. Quälte mich raus, warf mir den Mantel über und taumelte zu Selma. Schaffte es kaum die Treppe hinauf, brach auf ihrer Türschwelle zusammen. Sie zerrte mich roh hinein, warf mich auf ihr Bett und blieb daneben stehen. Ich rappelte mich auf, streckte die Hände aus ... sie trat zwei Schritte zurück. Die Arme in Abwehr erhoben. Der rötliche Schimmer der Dämmerung warf ihren Schatten über die Dachschräge, er hatte Fledermausschwingen.

»Hast du ihnen Jakob verschachert?«

»Was?«

»Wo ist er!«

»Wie?«

»Stell dich nicht dumm! Du und deinesgleichen! Eure politischen Spielchen!«

»Wovon redest du da?«

»Vom kommenden Aufstand!«

»Was weißt du denn ...«

»Ernst schnippt mit den Fingern und alle stehen stramm!

Du spielst Krieg mit deiner Jugendbande und lässt dich benutzen für ...«

»Wofür denn wohl!«, schrie ich.

»Ja, eben«, sagte sie kühl, »das ist es ja. Du fragst nach dem Wofür. Und nicht nach dem Was und Wie!« Sie beugte sich vor und spuckte es mir ins Gesicht: »Parteisoldatin! Kadavergehorsam!«

»Hör auf«, flüsterte ich entgeistert.

»Und wo bleibt das Leben? Wo bleibe ich dabei?«

»Du ... aber die Zukunft ...«

»Ich will keine Zukunft! Ich will eine Gegenwart!«

»Du denkst nur an dich.«

Jetzt wurde sie ruhig, eisig: »Im Gegenteil. Ich denke an dich. Und an Jakob. Der redet jetzt auch nur noch davon. Will die Revolution und nichts als die Revolution. Meine Güte! Ihr habt euch diesem Ungetüm namens Politik verschrieben. Es wird euch verschlingen.«

»Was?«

Selma stemmt die Fäuste in die Hüften: »Deine Nosch hat ihm nahegelegt, sich zum Zwecke der Aushorchung an gewisse Offiziere heranzumachen. Man möchte als Proletarische Hundertschaft doch gerne wissen, wo und wie der Gegner seine Truppen bereithält und welche Pläne er verfolgt.«

»Damit habe ich nichts zu tun!«

»Ach nein? Aber jemand hat ihn angesprochen!«

»Aber ... doch nicht mit meiner Erlaubnis ...«

Ich dachte an den Redakteur des »Pranger« und spürte eine kalte Klinge in meinen Eingeweiden. Ich sprang auf, tastete meine Seite ab in Erwartung von Blut ... ein absurder Gedanke.

»Also wusstest du davon!«

»Ich verstehe nicht ...«

Sie schlug mir ins Gesicht.

»Verstehst du jetzt?«

Ich starrte sie an.

Noch ein Schlag. Die andere Wange.

Heißer Zorn.

»Ihr nehmt mir alles, was ich liebe«, sagte sie.

»Aber …«

»Jakob ist so wankelmütig. Er lässt sich auf alles ein, was ihm ein wenig Halt gibt. Und du hast es geschehen lassen.«

»Ich wusste wirklich nichts davon …«

»Ach nein? Von dir selbst weißt du wohl auch nichts? Dass du mir dich selbst fortnimmst. Dass du dir dich selbst fortnimmst?«

»Ich verstehe nicht …«

»Den Menschen in den Dienst der Sache stellen? Was für ein Witz! Da wird er selbst zur Sache! Und dann?«

Da wurde ich giftig. »Ach ja, und du? Für welche Sache stellst du dich zur Verfügung, Selma von den Schären?«, höhnte ich. »Du Schlangenbeschwörerin!«

Da ging sie auf mich los. Und wir schlugen und kratzten, schrien und stöhnten, verkrallten und verkeilten uns, stürzten in einen blutigen Kampf, raubten uns Küsse und verbissen uns ineinander wie Tiere. Es ging ums nackte Überleben. Wäre es möglich gewesen, einander zu verschlingen, wir wären nicht mehr da … ich weiß nicht, wie ich es sonst ausdrücken soll.

Am Morgen wachte ich allein auf in ihrem Bett.

Auch in der Fabrik traf ich sie nicht.

Auf keiner unserer Straßen.

Nicht im Nachtcafé.

Und Jakob?

19. Oktober

Abends Schüttelfrost. Ich huste mir die Seele aus dem Leib. Sie schickten Maria in mein Kellerloch, um nach mir zu sehen. Sie bemerkte die vielen blauen Flecken. Erschrocken ging sie los und holte Zwieback. Kochte Tee. Sie denkt, ich habe eine ansteckende Krankheit. Besser so.

20. Oktober
Mir ist elend wie noch nie. Heiß, sehr heiß. Maria machte mir kalte Umschläge. Brachte Wasser. Leerte den Nachttopf.

Irgendwann, zu einer Stunde, die keine Uhrzeit kennt, sehe ich Jakob und Selma an meinem Bett sitzen. Sie verabschieden sich von mir. Ich sage Adieu, kommt bald wieder, und freue mich, dass sie zusammen auf die Reise gehen.

21. Oktober
Es geht besser. Maria brachte mir eine Hühnerbrühe, die Nosch angeblich gekocht hat. Mit Nudeln als Einlage! Sie wärmte sie auf meinem Kocher. Auch Ernst ließ mich grüßen. Er hätte ein »ordentliches« Zimmer für mich, sagte Maria. Jenseits des Bahnhofs an der Fuhlsbüttler. Aber ich dachte noch an Selma und Jakob. Und an Selmas Vorwürfe. Mich plagte der Gedanke, dass Ernst und Nosch und der Genosse vom »Pranger« die Welt ganz anders sahen als ich. Und was die Wohnung betrifft: Seine Fürsorglichkeit (und die von Nosch) behagt mir nicht.

Maria ließ mir einen Flugzettel da. »Morgen ist Frauenversammlung bei Köppen«, sagte sie bedeutungsvoll. Ich winkte ab, was soll ich jetzt bei einer Frauenversammlung? Dann dachte ich wieder: Doch, es ist ja wichtig. Und geriet erneut ins Grübeln.

Wieder Fieber.

22. Oktober
Mir geht es schlechter. Ich lag ohne Kraft und Willen im Bett. Dämmerte vor mich hin. Niemand kam. Man hat mich vergessen, dachte ich.

Ich starrte vor mich hin. Auf dem Stuhl neben dem Bett

bemerkte ich den Flugzettel. Irgendwann griff ich danach. Es war ein Aufruf wie alle, beinahe langweilig ... Kampf gegen, Kampf gegen, Kampf gegen ... soll das denn ewig so weitergehen?

Aber da traf es mich wie ein Blitz, denn dort stand geschrieben: Ketty wird sprechen! Bei Köppen! Heute Abend! Wie kann das sein? Sie ist wieder da? Es kam mir vor, als müsste es damit eine besondere Bewandtnis haben. Als wäre es ein Zeichen. Ich aß den letzten Rest Suppe. Legte mich ins Bett, schwitzte, fröstelte, fieberte, schlief und wachte – so viel wie möglich, um das Elend und die Schwäche loszuwerden, um bereit zu sein.

Ich werde in die Nachtigallenstraße gehen, und wenn es das Letzte ist, was ich tue!

Schon auf dem Roten Platz herrschte eine angespannte Atmosphäre. Genossen vom OD hatten sich an den Einmündungen der umliegenden Straßen postiert. Unauffällig. Wer sie nicht kannte, mochte sich nichts dabei denken. Es war ein milder Abend. Montag. Da steht man hier immer herum und redet. Am Rande sah ich Ernst, die Mütze tief ins Gesicht gezogen. An der Zeitungswand prangten Schlagzeilen: »BETRIEBSRÄTEKONGRESS! GENERALSTREIK!« Leise flatternde Wortfetzen wie welke Blätter im Herbstwind: »Hafenblockade ... Schienen-Sabotage ... Reichsarmee stoppen ... Werftarbeiter-Ausstand ... Verbot der ›Roten Fahne‹ ... Streik im Hafen ... Ebert absetzen ... Militär-Diktatur ...«

Frauen und Mädchen kamen, blieben stehen, warfen ein paar Worte in die Diskussion, machten banale Scherze, gingen weiter. Die Tür zu Köppens Gaststätte stand offen, rechts und links Anschläge, die auf die Frauenversammlung hinwiesen. Ich hatte nie so viele herbeiströmen sehen. Mir selbst war leicht übel, in meinem Kopf schien eine schwere Kugel träge hin und her zu rollen. Vor der Tür stand Maria. Ich fragte nach Ketty. Maria schaute mich zweifelnd an. Vielleicht, weil ich so blass war. »Ketty?«, sagte sie. »Nein, Nosch wird reden.« Was für eine Enttäuschung. Ich drehte mich um, wollte schon wieder gehen. Sah Bruno in einer Gruppe. Hans in einer anderen. Nosch, wie sie mit Ernst sprach. Die Straßenszene schien ein Eigenleben zu entwickeln, ein kinematografischer Bildertanz, ein flackernder Reigen. »Lunapark«, flüsterte ich vor mich hin. Spürte Marias feste Hand an meinem Oberarm. »Komm ...« Sie zog mich in den Saal. Er war gut gefüllt, die Stühle waren besetzt. Ich hockte mich in eine Fensternische. So hatte ich einen Blick auf den kleinen Platz seitlich des Lokals.

Maria hielt mir ihre Hand hin. »Hier ...« Auf ihrer Handfläche lagen zwei Aspirin-Tabletten. »Die habe ich für dich mitgebracht.« Sie legte ihre kühle, raue Hand auf meine Stirn. »Kannst du gebrauchen. Nimm immer nur eine.« Ich gehorchte. Und dachte an Selma, die auch solche Tabletten in einer Schublade gehabt hatte ... »für Kopf- und andern Schmerz«, hatte sie einmal gesagt. Selmas Hand auf meiner Stirn, an meinem Arm, unter meinem Stoff wäre mir jetzt willkommen gewesen ... aber ... aber ... aber ...

»Wieso kommt Ketty nicht?«, fragte ich. Maria zuckte mit den Schultern: »Vielleicht ist sie in Berlin, in Chemnitz ... Thüringen ...«

»Was tut sie da?« Wieder Schulterzucken. Ihr forschender Blick machte mich unruhig. Ich schüttelte ihre Hand ab.

Eine Genossin aus Bergedorf redete, eine Genossin von der Veddel redete, eine Genossin aus Altona redete ... sie sagten nichts Neues. Dies organisieren, jenes organisieren, Widerstand, Widerstand, Gegenmacht und dies und das und jenes. Für die Zukunft, Genossinnen! Wie wäre es mit Gegenwart, dachte ich, so wie Selma es gefordert hat.

Dann stieg eine Genossin vom Kontrollausschuss auf die Bühne. Sie schlug einen anderen Ton an: »Man wirft uns Plünderungen vor! Und haben wir nicht das Recht dazu?

Man wirft uns Raub vor! Uns, die wir hungern? Man wirft uns Gewalt vor! Und knüppelt uns nieder! Ein Staat, der hungernde Frauen und Kinder verprügelt, muss zerstört werden!« Und so weiter. Sie redete nicht sehr gut, aber sie konnte laut schreien. Sie entwarf Pläne für Selbsthilfe, eigentlich Überfälle ... die anwesenden Spitzel spitzten die Ohren (wie immer waren einige da).

Ich schaute aus dem Fenster. Die Genossen vom OD waren zusammengerückt. Es waren keine vereinzelten Grüppchen mehr, es war eine kompakte Gruppe. Sie steckten die Köpfe zusammen. War da nicht auch Jakob? He! Ich hob eine Hand.

Marias Kopf dicht neben mir. »Nicht hinausstarren!«, flüsterte sie. Drückte meine Hand nach unten.

Na schön, das Aspirin wirkte, die Kugel in meinem Kopf wurde leichter. Eine wohlige Schläfrigkeit überkam mich. Vielleicht lag es an der monotonen Stimme der Rednerin. Der Kontrollausschuss muss neu aufgestellt werden, bla, bla, bla ... Heimlich schluckte ich das zweite Aspirin.

»Wie geht's dir jetzt?«, fragte Maria.

»Gut«, behauptete ich. Und nickte zwischenzeitlich ein.

Motorengeräusch, Rufe, Stiefelgetrappel weckten mich. Benommen blickte ich auf. Die Frauen standen da wie erstarrt, horchten, spähten hinaus. Draußen wimmelte es von grünen Uniformen. Drei Mannschaftswagen. Mit Karabinern bewaffnet umzingelten sie das Lokal. Nosch sprang aufs Podium und rief: »Ruhe, bleibt ruhig! Keine Sorge! Wir lenken sie ab.« Ablenken wovon, fragte ich mich, starrte in die von Scheinwerferlicht durchstochene Dämmerung und sprang erschrocken von der Fensterbank, als ein Gewehrlauf die Scheibe durchstieß. Weitere Fenster zersplitterten. Karabinermündungen stachen herein. Wir hielten den Atem an. Die Genossen vom OD, die draußen so Wichtiges besprochen hatten, waren längst verschwunden.

Das ging auch dem Leutnant auf, der flankiert von zwei

Sipos mit Kolbenschlägen die Flügeltür aufbrach (sie war gar nicht verschlossen gewesen) und mit erhobenem Kinn, die Hand herrisch am Koppel, hereintrat und sich so zornig wie vorsichtig umschaute, als würde er hier den Leibhaftigen vermuten. Es waren nur Frauen und Mädchen anwesend! Fluchend machte er auf dem Absatz kehrt. Vereinzelt wurde gelacht.

»Still!«, mahnte Nosch.

»Aufsitzen!«, schnarrte der Obertschako und die Noskiden preschten mit ihren Autos davon.

Maria war verschwunden. Ihre führende Hand hätte ich jetzt gebraucht. Es war sehr dunkel geworden und menschenleer. Selmas flachsblondes Haar spukte mir durch den Kopf. Wenn sie jetzt zurückgekommen wäre?

Ich stieg die vielen, vielen Treppen hinauf in ihre Dachkammer. Die Tür war nicht abgeschlossen. Wer hätte sie auch abschließen sollen? Niemand war da. Ich stand mitten im Zimmer und weinte. Durch die Dachluke war nichts zu sehen von der Stadt, sie lag in absoluter Finsternis. Ich zog die Schublade von Selmas Nachtschrank auf. Wenn sie mich nicht trösten konnte, dann mussten ihre Tabletten es tun. »Seelenschmerz muss nicht sein, das wissen die Japaner«, hatte sie einmal gesagt, als sie für Jakob eine Pille aus einer Schachtel mit fernöstlichen Schriftzeichen nahm.

Wenn jemand das Recht auf Seelenschmerz hat, dann ich! Und also auch auf diese Pillen!

Ich stand in ihrem Zimmer und starrte vor mich hin.

Auf ihrem Bett zeichnete sich eine dunkle Gestalt ab. Die Umrisse einer Schlange. Sie bewegte sich träge, würde sich aufrichten, das wusste ich. Und mich bemerken. Ihr Blick aus glühenden Augen würde mich durchbohren, sie würde das Maul aufreißen und ihre spitze Zunge würde hervorschießen und sich ein Ziel suchen. Mich.

»Hab Acht! Hab Acht! Das gilt nicht nur für den Krieg«, pflegte der Mann mit den verbotenen Büchern zu sagen.

Die Schlange schlängelte sich.

Hastig löschte ich das Licht und stolperte wie im Traum hinaus in die Dunkelheit.

Ich erschrak, als ein Automobil in die Weidestraße einbog und mich mit glühenden Scheinwerfern ins Visier nahm. Mit knirschenden Reifen bremste es neben mir ab. Die hintere Tür schwenkte auf, die Lichter erloschen. Im Schein der Gasfunzel tauchte im Wagenfond ein bleiches Gesicht auf. Nosch. In einem Automobil! Sie zerrte mich herein. Ich sträubte mich, hockte schief, halb drinnen, halb draußen, auf der Rückbank. Verblüfft, sie mitten in der Nacht hier zu sehen. Ihr Gesicht dicht vor mir nahm eine gespenstische Ausdehnung an, als sie mich an sich zog.

»Was hast du bei Selma gemacht?«

Ich wusste keine Antwort zu geben.

»Du bist in ihrer Wohnung gewesen!«

Benommenes Nicken.

»Warum?«

»Hab sie gesucht.«

»Am heutigen Abend?« Es klang, als würde sie es ungeheuerlich finden.

»Sie war doch nicht da.« Kraftlos versuchte ich mich loszureißen. Nosch verstärkte ihren Zangengriff.

»Das weiß ich wohl.«

»Na also, was willst du dann von mir?«

Sie schüttelte mich: »Und Jakob? Hast du ihn gesehen?«

Ja, dachte ich, und schüttelte den Kopf.

»Weißt du, wo er ist?«

Nein, dachte ich, und schüttelte den Kopf.

»Halte dich von ihm fern, hörst du? Er hat uns verraten! Und sie ist eine Mata Hari!«

»Ich verstehe kein Wort!«

Sie drückte so stark zu, dass es schmerzte: »Woher wusste die Sipo wohl von der Versammlung? Wenn wir die Besprechung des OD nicht mit der Frauenversammlung getarnt hätten ... wenn die Sipo diesem Trick nicht auf den Leim gegangen wäre ... dann wären jetzt alle im Knast wegen Verschwörung zum Aufruhr! Ist dir das nicht klar?«

»Nein, wie denn?«

»Herrgott, Klara, es war das entscheidende Treffen der Aufstandsleitungen aus den Bezirken! Und da platzt die Sipo rein! Das soll ein Zufall sein? Zum Glück war der OD schon fertig. Aber wer hat uns verraten? Ernst sagt, Selma oder Jakob oder beide.« Sie schnaubte abfällig. »Diese Wanderer zwischen den Welten! Also raus damit! Wer?«

Ich schüttelte den Kopf. Nein, sagte ich tonlos, er ist doch fern, sie ist fern, alle sind fern.

Mein Kopf kippte zur Seite.

»Du hast ja Fieber.« Sie ließ mich los. »Geh nach Hause, Klara!«

»Wenn du mich endlich lässt ...« Ich rutschte vom Sitz, landete auf dem Kantstein.

Das Automobil raste davon.

23. Oktober

Am frühen Morgen erwache ich von leisem Klopfen an meiner Tür. Der Wecker zeigt fünf Uhr zehn. Es ist wie damals, als es Zeit wurde, zur Schule zu gehen. »Klara! Wach auf!«

Nein, ich drehe mich um und will nicht. »Klara!« Wer einen Schlüssel hat, möge seine Tür verschließen, die Welt aussperren, die Pflicht, warum nicht, dann klingt das Klopfen wie Regentropfen, bewegt der Wind sachte den Vorhang, aber du erlaubst dem Tag, diesem Rüpel, nicht einzutreten.

»Klara!« Eine leise Stimme. Nicht verzagt. Fordernd, angespannt. Es könnte Selma sein. Es könnte sein, dass die Gegenwart in mein Leben zurückkehrt.

Ich stehe auf und taumle zur Tür. Maria. Oh. »Klara, du ...« Ich wende mich ab, mir ist schwindelig. Taumle zurück zu meinem Bett. Lege mich hinein, ziehe die Decke bis unters Kinn. »Klara!« Mir war bislang nicht aufgefallen, wie sanft, ja samtweich ihre Stimme klingen kann. Heilige Maria mit der Hakennase. Sie beugt sich über mich. Nimmt meine Hand. Mit bleischwerem Arm schlage ich die Decke zurück. »Dann komm halt …«

»Klara! Steh auf!« Samt wird zu Eisen.

Schwarz … blitzende Augen … die Haare wie ein Helm … auch mir schmiert sie Ruß ins Gesicht … schwarze Männerhosen und Jumper von Heilbuth »freiwillig« gestiftet … Leisetreter aus der Produktion der Barmbeker Gummiwaren-Compagnie … das Hartgummirohr wiegt schwer … und ihre Hand, der eiserne Griff … wir sind nicht die einzigen Schatten … durch den schmutzigen, stinkenden Hinterhof … wer hat die Mülltonnen umgeworfen … im tiefen Schatten der Hauswände … jeder kennt sein Ziel … ich nicht … ich taumle … sehe die Mauern in bedrohlicher Schräge … die eiserne Hand … unerbittlich … am Treffpunkt unter der Hochbahnbrücke fehlt einer … Kein Zaudern, sagt Bruno … auch seine Augen blitzen im Schwarz … Revolver unter der Weste … alle starren mich an wie Afrikaner … fremde Fratzen … Befreien wir das kolonisierte Leben, denke ich … will nicht denken, nur jetzt nicht denken … der Trupp, dem wir uns anschließen, erwartet uns am Bahnhof … über das Stahlgewölbe kriechen knirschend schwere Räder … auf den eisernen Stegen werden die Züge gestoppt … Kontrolleure suchen das Weite … Blockade des Bahnhofs … Lokführer legen die Strecke lahm … bewaffnete Gruppen ziehen los zu den Brücken am Kanal … und wir … wohin? … Brunos Revolver … und sonst … wo sind die Waffen? … einer hat eine Zange … hämisches Lachen … Bordsteinkante … der eiserne Griff … ich hebe den Knüppel … Balance ist alles … dumpfe Worte … wäre nicht ihre Hand gewesen … ich wäre erstarrt, hätte mich verwurzelt, mich zu den Alleebäumen gesellt … den zuversichtlichen guten Kameraden ... aber die Füße gehen voran, die Beine taumeln hinterher, der schwankende Torso ... Hausschatten stehen teilnahmslos Spalier ... Ameisen gleich krabbeln wir über glitschiges Pflaster ...

Zwei Reihen bilden ein V ... eine Gestalt tritt vor ... legt den Karabiner an ... die Wache sieht aus wie eine Jahrmarktbude ... kleine leuchtende Fenster in funzeliger Dunkelheit ... ein Menschenschatten gleitet die Mauer empor ... die Zange ... der Draht fällt herab wie eine erlegte Schlange ... der eiserne Griff ist so stark ... zermalmt meine Finger ... oh Maria ... dünne Rauchfahne über einem schwächlichen Schornstein ... eine weitere Gestalt löst sich ... hebt die Hand ... ein Pflasterstein ... mein Brustkorb ist zu eng für das anschwellende Herz ... es will raus ... zwei Donnerschläge ... die Fenster der Schießbude zerspringen ... und jetzt ... wir wollen rein ... wir sind ein Tier mit hundert Füßen ... gierig auf Raub und Zerstörung ... Rufe ... Gebrüll ... Parolen ... »Es lebe ...!« ... die Tür ist in zwei Sekunden aufgestemmt ... ein Revolverschuss ... die blaue Uniform zerfällt ... der Karabiner ... hinter dem Haus ein weiterer Donnerschlag ... das war kein Pflasterstein ... mit erhobenen Knüppeln stürzen wir in den Wachraum ... fünf Uniformen stehen stramm mit erhobenen Händen ... »Wo sind die Waffenschränke? Her mit den Schlüsseln!« ... der Gummistab zieht eine Strieme ins bockige Gesicht ... überm Ohr platzt Haut, spritzt Blut ... »Los doch!« ... runter in den Keller ... sie kommen zurück mit acht Pistolen, zwei Karabinern und einem Maschinengewehr ... gefesselte Uniformen bleiben zurück ... eine aufgebrochene Tür ... der von der Explosion verwüstete Hintereingang ... »Das hätten wir uns sparen können.« ... wo ist die nächste Schießbude?

Gesichter an dunklen Fenstern ... Türen werden spaltbreit geöffnet ... kurze Fragen, knappe Befehle ... Männer mit

Spaten, Äxten, Hämmern eilen vorbei ... Frauen schleppen Balken und Bretter ... »Unsere Handwerker sind schon früh unterwegs heute!« Gelächter ... die blaue Uniform mit dem klaffenden Loch in der Brust lacht nicht mehr ... zwei Tschakos im Schatten einer Litfaßsäule ... »Halt, nicht weiter!« ... verstummen, jäh erstaunt ... ich schaue Maria an ... sie hält den Revolver mit beiden Händen umfasst ... späht über die Kreuzung ... ein Mannschaftswagen nähert sich ... Maschinengewehrfeuer aus dem Straßenbahndepot ... der Wagen biegt ab ... Maria lacht ...

Wir tragen jetzt Koppeln mit Revolver im Holster ... Baumstämme werden herangeschleppt ... immer mehr Menschen treten aus den Häusern ... bringen Material, Werkzeug, Verpflegung ... hinter den Barrikaden werden in Windeseile Schützengräben ausgehoben ... Barmbek wird zur revolutionären Festung ... Hamburg ... Deutschland ...

Als der erste Panzerwagen die Barrikade durchstieß, war das noch ein Sieg. Auf das Kommando »Räumen!« hatten die Verteidiger den Schützengraben verlassen und waren in die anliegenden Hauseingänge gerannt. Im ersten Stock der Häuserfronten gingen Fenster auf. Der Panzerwagen rumpelte über Balken und Bretter und kippte nach vorn in das tiefe Loch wie ein träges Nilpferd. Kreuzfeuer aus den gegenüberliegenden Fenstern. Der Fahrer brach zusammen. Die Besatzung geriet in Panik, stürzte heraus und rannte davon. Sie ließen zwei Helme, einen Karabiner und zwei Revolver zurück. Die Hinterräder des Panzers ragten in die Luft, das riesenhafte Urviech hatte sich hoffnungslos verkeilt. »Schade«, sagte Maria, »den hätten wir gebraucht, um die Kaserne in Wandsbek zu stürmen.«

Wir wurden abkommandiert. Bruno führte uns durch drei Hinterhöfe und einen engen Gang. Drei Straßen weiter rückte eine Radfahrerstaffel an die Barrikade heran. Bestrichen sie mit Gewehrfeuer, ahnten nicht, dass dort nur ein Pistolenschütze auf dem Posten war. Wir kamen von hinten. Nach zwei Salven warfen sie ihre Räder weg und nahmen die Beine in die Hand. Maria zielte mit ihrem Revolver. »Spar dir deine Munition«, sagte Bruno. Da drehte sich einer der Grünen um, hob die Pistole und ich hörte den Knall erst nach Marias gurgelndem Stöhnen. Bruno fing sie auf. Aus ihrem zerfetzten Hals spritzte eine Fontäne. Ich fiel auf die Knie. »Du bist blass«, sagte Bruno mit ruhiger Stimme, während er Marias Kopf aufs Pflaster bettete, »ruh dich aus.«

»Aber hüte dich vor Jakob, dem Verräter!« Wann hatte er das gesagt? Am Abend zuvor? Warum hatte Maria da nicht widersprochen, sondern genickt? Was wussten sie denn überhaupt von Jakob? Jakob ein Verräter? Niemals! Wer behauptet das alles und warum?

Ich stolperte davon. Die Hauswände entlang. Aber wohin? Von meinem Kellerloch war ich abgeschnitten. »Die Sipo hat die Wache eingedrahtet, da kommst du nicht vorbei … und wir nicht ran …«, sagte ein Genosse mit erloschener Zigarette im Mundwinkel. Ein anderer: »Wir konnten die Brücken nicht halten …«

Alles war auf einmal anders. Wir waren losgestürmt im Angriff, jetzt hockten wir hinter Barrikaden und wurden angegriffen. Und keiner hatte Nachricht aus der übrigen Stadt.

»Wo ist die Führung?«

»Wir führen uns selbst!«

Ich strauchelte mehrmals, meine Hosen waren zerrissen, die Knie blutig, Arme und Hände zerschrammt, wie war das geschehen? Ich sackte in einer Ecke zusammen. Eine Samariterin zog mich in einen Hauseingang und flößte mir Wasser ein. Eine Alte steckte mir eine Stulle zu. »Vorsicht an der Kreuzung! Sie halten die Dächer besetzt. Gib mir den

Revolver, wenn du nicht mehr kannst. Ich habe einen Balkon.« Sie deutete nach oben. Jetzt wusste ich wieder, wo ich war. Selmas Straße! Ich musste hinauf zu ihr, das wäre die Rettung!

Es war ein schwerer Aufstieg, die Treppe war so steil und verwinkelt, so vertrackt und verdreht, so stolprig und holprig, dass ich sie wie eine Bergsteigerin erklomm, zu Tode erschöpft, mit Rast in den Ecken, wo eine Bank eingelassen war. Weiter! Hinauf! Bitte! Ich weiß nicht, wen ich anflehte.

Ich stürzte kopfüber in Selmas Dachkammer und fiel so arg auf die Nase, dass Blut herausschoss.

Die Gestalt an der Dachluke wirbelte herum und richtete den Karabiner auf mich. Jakob!

Ich fing an zu schluchzen, heulte Rotz und Wasser und Blut.

Er stellte das Gewehr in eine Ecke und zog die Tischschublade auf. Er wusste von den Tabletten. Eine gab er mir. Füllte ein Glas Wasser, netzte meine aufgeplatzten Lippen, tupfte mir das Gesicht ab.

»Bist du ein Verräter?«, fragte ich mit bebender Stimme, als ich mich wieder gefasst hatte.

Er lachte hämisch. »Sagen sie das? Das ist nur eine Ausrede.«

Ich starrte den Karabiner an.

»Wäre ich dann hier?«

Er behauptete, er sei mit dem Boot »ganz lässig« an den Polizeiposten vorbeigekommen, im Tornister ein gutes Dutzend Revolver und Pistolen inklusive Munition. »Man hilft doch, wo man kann.« Er hätte sie »gerecht verteilt« an die Genossen.

Konnte ich ihm glauben? Ich starrte zu Boden. Wo ist Selma, dachte ich, wagte es aber nicht auszusprechen. Wie viel Verrat kann man ertragen, war wohl der feige Gedanke dabei.

Jakob war aus der Luke aufs Dach geklettert. »Die Lage ist prekär«, sagte er, als er wieder hereinkam. »Komm mit.«

Die Tablette wirkte und ich war jetzt von einer wohligen Gleichgültigkeit erfüllt, neugierig und apathisch zugleich.

Der Balkon der verlassenen Wohnung im zweiten Stock ragte auf die Kreuzung hinaus, die nun zum Schlachtfeld geworden war. Barrikaden an allen vier Einmündungen. Die Sipo arbeitete sich durch die Stückenstraße auf den Langenrehm zu. Jakob nahm mich an der Hand. Wir kletterten aufs Dach, zwei Häuser weiter durch eine Luke wieder nach unten, diesmal in den ersten Stock.

»Etagenwechsel ist das ganze Geheimnis«, sagte Jakob und winkte einem Mann auf der anderen Straßenseite zu.

Mit zwei Gewehren brachten die beiden den Vormarsch der Noskiden zum Stillstand. Wenn der eine schoss, wechselte der andere die Position. Auf diese Weise simulierten sie einen ganzen Verteidigungstrupp. Die Grünen schossen verzweifelt konsequent immer in die falsche Richtung. Sie zogen sich zurück. Jakob sagte: »Ich hasse Uniformen, egal ob sie blau oder grün oder braun oder schwarz sind. Angeheftete rote Sterne machen es auch nicht besser!«

Ich schaute ihn verständnislos an.

»Komm mir bloß nicht eines Tages in Uniform in die Quere!« Er lachte hämisch. »Du sähst bestimmt hübsch aus im Rotgardisten-Kleidchen, aber ich würde nicht mit dir tauschen.«

Ich fragte mich, ob er auch von den Tabletten genommen hatte. Was er sagte, hallte unklar wie ein fernes Echo in meinen Ohren. Mir fielen die Augen zu.

Irgendwann schleppte er mich zurück in Selmas Zimmer. Ich sah zu, wie er im orangen Licht der Abenddämmerung wie verklärt durch die Luke aufs Dach stieg und davonkroch. Ich hätte ihn nicht gehen lassen dürfen. Aber meine Gliedmaßen waren gelähmt. Ich kroch meinerseits in Selmas Bett, suchte den Abdruck ihrer Hüften, ihrer Schultern, ihrer Arme, ihrer Beine, wäre da doch ein kalter Fuß, den ich wärmen dürfte … aber da war nur ich, das Wenigste, was sein kann …

Im Morgengrauen bin ich das Treppenhaus hinabgestiegen auf der Suche nach Neuigkeiten. Hier ein halber Bericht, dort ein Fetzen Information, da ein Gerücht, Erzählungen von angeblichen Heldentaten, bösartigen Schurkereien der Sipo, cleveren Attacken, neuen Plänen, alten Strategien … unsere Straßen werden gehalten … aber die Wachen gehören wieder den Tschakos … unsere Straßen werden gehalten … aber die Wachen sind allesamt eingedrahtet … Maschinengewehre in Stellung gebracht … der Bahnhof wird gehalten … aber die Schienenwege konnten nicht sabotiert werden … wir wissen, wie man die Gasleitung eines Panzerwagens in Brand setzt … wie man die Kolosse in die Falle lockt … aber immer mehr Mannschaftswagen rücken an … wir weichen nicht zurück … sagen wir, behaupten wir, möchten wir … ein Arbeiter aus dem Hafen erklärt, in der Innenstadt gingen die Geschäfte weiter wie eh und je … er wird verprügelt …. eine Frau flüstert, weder Generalstreik noch Revolution sei im Gang, im Gegenteil … die Betriebsräte in Chemnitz seien von den Sozialdemokraten in die Knie gezwungen worden … nicht Sowjetrussland, sondern Reichswehrdiktatur stehe vor der Tür … in Schiffbek wurden die Revolutionäre niedergemetzelt … wenn ihr nicht aufpasst, seid ihr morgen tot!

Der Kurier mit der Absage sei zu spät gekommen, sagten die einen. Die anderen munkelten, die Parteiführung sei nicht auffindbar gewesen. Wieder andere behaupteten, sie hätten uns absichtlich nicht informiert. Warum? Ja, warum, warum –

Am Abend wissen es alle. Nur wenige Barrikaden sind noch übrig. Sie werden gehalten, solange es möglich ist … Hans hat sich abgesetzt … Bruno ist verschwunden … Nosch ist abgetaucht ... niemand hat Ernst gesehen ... wer jetzt noch kämpft, kämpft für sich allein ... hartnäckige Widerstandsnester werden mit Granaten »gesäubert« ... Fort mit dem Ungeziefer! ... Tote werden bejammert, Verwundete versteckt ... ich schleiche in die Dachstube, werfe Koppel, Holster und Revolver in die Dachrinne ... soll man etwas aufschreiben ... nein ...

Wenn das Schicksal dich quälen will, weiß es sehr genau, was es zu tun hat.

Im Morgengrauen rücken die Grünen an. In militärischer Formation verteilen sie sich in der Straße, riegeln den Häuserblock ab, gehen von Tür zu Tür, von Etage zu Etage, von Wohnung zu Wohnung, steigen auf die Dächer, suchen, suchen, suchen ...

Ich schaue aus der Luke. Koppel und Revolver liegen noch immer in der Regenrinne. Verräterisch. Ich habe Kopfschmerzen wie noch nie in meinem Leben, die Pillen sind verbraucht, nicht mal ein Aspirin ist übrig ... sie verhaften auch Frauen ... unter diesen Umständen wäre es ein grauenhaftes Ende ... sie würden mich zu dem herrischen Bibliothekar zurückbringen ... er würde mich strafen ... er wüsste, wie ... er hätte tausend Mittel und Wege ... und Rasierklingen ... lieber möchte ich mich einem Offizier mit Pergamentgesicht ausliefern und einen schnellen Tod im Dolchhiebhagel erleiden als zurückzukehren ...

Ich ziehe Selmas Sommerkleid an ... eine Strickjacke darüber ... Strümpfchen und Sandalen ... flechte mir einen Zopf ... sehe aus wie fünfzehn ... so mag mich der Bibliothekar, so mag mich der Offizier, so mag mich die Sipo ... und lässt mich gehen, denn an mir ist nichts dran ... kein Koppel, kein Revolver ... nur Haut und Knochen und ein bisschen Stoff ...

Wie auch an Jakob, als ich in die Gasse einbiege, die zu unserem Hinterhof führt ... die Gasse, durch die fette Reifenspuren führen … die Gasse, in der ein Automobil nichts verloren hat … es sei denn, es verliert etwas, eine Leiche zum Beispiel … in voller Absicht … falls es so war … aber er liegt dort … ich fasse seine Hand … kalt, kalt, kalt … er starrt hinauf in die Lücke zwischen den engstehenden Mauern, durch den leeren Schacht in die Ewigkeit … das Blut, das aus seinem Mund gequollen ist in einem schmerzhaft heftigen Schwall … er hat es ausgespuckt, gewürgt, gekotzt … ist hellbraun und kaum erstarrt … sein schiefes Grinsen ist schiefer denn je, seine Nase spitzer … sein magerer Körper kein Körper mehr, sondern ein Leichnam …

Ich schreie laut: »Was ist hier passiert!«

Jemand kommt, ein gebeugter Alter mit einem Stock. »Die Sipo hat ihn umgebracht.«

In dieser abgelegenen Gasse?

»Aber er wurde erstochen!« Ich ziehe sein Hemd hoch, da, wo der rote Kreis den Stoff verfärbt … die Wunde, wo das Messer eindrang, ist deutlich zu sehen.

»Schuss in die Seite. Mistkerle«, sagt der Alte.

»Holt bitte jemanden, der ihn mitnimmt, er muss doch irgendwo hin«, bettle ich.

Aber später im Krankenhaus wird ein Mediziner feststellen, dass ihm die inneren Organe zerschnitten wurden. Viel mehr Blut lief in ihn hinein als aus ihm heraus.

Ich schreibe Selma einen Brief und lege ihn in ihr Zimmer. Dann krieche ich zurück in mein Kellerloch.

Ich warte.

Aber der Einzige, der kommt, ist Ernst. Die Partei hat ihn aus dem Knast gepaukt. Nosch hat ihm den besten Anwalt besorgt. Er will mich zurückholen in die Fabrik, in die Partei … »Wozu?« – »Du musst doch leben!« – »Muss ich nicht.« Seine Hand auf meinem Knie (das traut er sich jetzt!): »Wirf dich nicht weg, Klara! Bleib bei …« Da zucke ich zurück wie eine Eidechse vor dem Falken. Hastig zieht er die Hand fort. Sein Gesicht zerknittert wie Pergament.

Es kam dann doch ein Brief von Selma. Nur ein Brief, aber er brachte Hoffnung ... sinnlose Hoffnung, denke ich, denn alle Hoffnung muss sinnlos bleiben in dieser Welt ... ich will keine Hoffnung mehr und keine Sehnsucht ... keine Sucht!

»Liebe Klara, ich bin weit weg. Es geht mir gut. Aber höre, Liebste, man sagte mir, Du seist wieder in diesem Kellerloch. Das muss nicht sein. Du kannst mein Zimmer haben. Die Miete ist bezahlt für ein ganzes Jahr. Mit grünen Scheinen, das hält vor! Ich komme wieder. Und du wirst sehen, dann gehen wir zurück ins Paradies als Eva und Eva. Dies verspricht Dir Deine Selma.«

Ich glaubte ihr kein Wort, wollte ihr kein Wort glauben. Dachte böse: *Sie* hat sich weggeworfen!

Ich bin so schrecklich traurig deswegen ...

Trotzdem zog ich in ihre Bude unterm Dach.

Im November
Ich schreibe kaum, aber dies möchte ich noch feststellen: Niemand hat Beweise erbracht für die Behauptung, Jakob sei ein Verräter gewesen. Auch wurde die Stadt nicht von Truppen eingenommen, weder von der Wehrmacht noch von Freikorps wie damals nach den Hungerunruhen.

Dezember
Einige Zeitungen (das »Fremdenblatt«, der »Correspondent«, nicht aber »Volkszeitung« und »Echo«!) berichteten von neuen Taten des »Schnitters«, der »mit einer sehr schmalen, speziell geformten Klinge, einem heimtückischen Skalpell, zu Werke geht, das er zunächst fast unbemerkt in die Seite seines ahnungslosen Opfers sticht, um dann damit in den inneren Organen ein wahres Gemetzel anzurichten, woraufhin die Opfer jämmerlich verbluten, wahrscheinlich ohne den Mörder überhaupt erkannt zu haben – und den Grund seiner bestialischen Tat«.

1924

2. Oktober
Der Bibliothekar hat jemanden beauftragt, mich zu finden. Ein Detektiv fragte sich bis zu meinem Kellerloch durch. Das fand er verlassen vor. Und im Hinterhof nur Nachbarn, die nichts wussten. Alle haben geschwiegen. Zur Sicherheit bin ich heute aus der Dachluke geklettert und habe einen Fluchtweg erkundet. In unserer Straße ist grundsätzlich dafür gesorgt, dass die Dachluken auch von außen geöffnet werden können.

Bei Voss haben sie mich aus der Produktion in die Verwaltung genommen. Jemandem fiel auf, dass eine Jugendvertreterin, die Artikel für die Betriebsratszeitung schreibt, vielleicht rechnen und schreiben kann und also für Kontorarbeit geeignet ist. Und so drehe ich seit gestern die Kurbel der Rechenmaschine und haue in die Tasten einer Torpedo-Schreibmaschine. Ernst meinte scherzhaft, ich sei nun dem Proletariat enthoben, weil kein Fett mehr an meinen Händen klebt (aber der Öldunst umfängt mich auch hier). Kurz wurde ich wütend, er war es doch, der mir den Posten in der Margarinefabrik vermittelt hat. Aber in den AfA kriegt mich keiner (Ernst hat mir das tatsächlich nahegelegt, damit wir »auch unter den Angestellten mehr Fuß fassen«). Aber ich habe meinen proletarischen Stolz!

Und meinen Stolz als Menschin! Nur darf ich den nicht allzu laut hinausposaunen. In der Kommunistischen Jugend sind sie aufgeschlossen, aber die Frauenabteilung, ausgerechnet, hat nichts übrig für andere oder gar Kontrollmädchen. Dem »Pranger« droht das Aus, eine einstweilige Verfügung ... einflussreiche Bürger klagen ... wer das Geld hat, hat die Macht, und wer die Macht hat, hat das Recht ...

So ging ich denn (muss ich sagen: heimlich? Schande!) nach Altona, um mich in der Redaktion einer neuen Publikation vorzustellen: »Die ›Menschin‹ soll uns Freundinnen ein Sprachrohr sein und ein Ort, an dem unsere Leidenschaften unsere Vernunft herausfordern« (sagte Hedwig, die »Dame«, die das Unternehmen leitet). Also nicht nur Kampfgeist, sondern Poesie – eine neue Möglichkeit ... zum Erleben ... Schreiben ... vielleicht. »Die Vokabel ›Menschin‹ gehört in den Duden!« (sagte Hedwig während der Redaktionsversammlung – wir waren zu viert und alle so viel älter als ich und ich dachte: Wenn doch nur eine Selma hier wäre ... aber die Damen sind sehr auf Anstand bedacht ... puh, was für ein Glück ... aber bin ich jetzt mal wieder in Philististan gelandet? Oh ... das nächste Mal jedenfalls kein so kurzes Kleid! Die Damen tragen Roben und Colliers!)

3. Oktober
Nach dem Zusammenbruch vom letzten Jahr sehen wir, wie vieles doch auf Sand gebaut war. (Hier wieder Ernst: »Was redest du da? Weißt du denn nicht, dass Sand der beste Baugrund ist?« Ich dazu, um ihn zu ärgern: »Es wäre mir lieber, wir würden uns auf Stämme deutscher Eiche stützen, so wie im Hafen die Speicherstadt.« – Nach einem einsamen Spaziergang heute am Hafen war mir so ... ich fühlte mich losgelöst. Sehr allein. Tatsächlich wäre ich so froh, wenn mein kleiner Kahn einen Poller fände, um das dünne Tau darum zu winden ... aber da ist nichts ... und schöner wäre doch ein schlanker Stamm, vielleicht sogar mit Wurzeln und lebendig ...).

Bin ich strebsam? Ja, das muss ich zu meiner Schande gestehen (ich scherze). »Sichel und Hammer« haben meine »Gedanken einer jungen Arbeiterin« gedruckt. Jetzt kann ich gleich fortfahren mit den »Gedanken einer jungen Angestellten«, denn ich bin nun eine »Tippse«.

Ende September sind einige zurückgekommen, die man verurteilt hatte. Manche Strafen wurden gekürzt. »Sie reihen sich wieder ein«, sagt Ernst. »Ihre Erfahrung festigt uns.« Manchmal benutzt er eigenartige Formulierungen.

4. Oktober
Das Stück Fleischwurst hätte ich mir besser gespart. Es brachte nur Unheil (seltsame Ironie des Weltenlaufs). Dabei war sie als Belohnung gedacht, nach all der Plackerei. Die Frau vom Schlachter schlug den halben Ring ein in eine Zeitungsseite. Als ich sie (gierig nach einer Scheibe!) aufriss, fiel mein Blick auf den dicken Fettfleck und die darunter stehende kleine Nachricht: »Neues Opfer des Schnitters?« Man hat die Leiche, die vorgestern aus dem Osterbekkanal gefischt wurde, obduziert. Ergebnis: Innere Schnittverletzungen. Sie arbeitete in der Gummiwarenfabrik. Frage der Zeitungsfritzen: »War ihr sittenloser Lebenswandel ihr Verderben?« Was bitte ist ein »sittenloser Lebenswandel«? Offenbar das: »Die neue Gewohnheit junger lediger Damen, ohne Begleitung auszugehen, birgt nicht nur eine Gefahr für Sitte und Moral, sondern auch für ihr eigenes Leben.« Aha, die Gefahr kommt also von innen! Hat sie sich etwa selbst geschlitzt, verdammt? Und Jakob? Hat der sich auch selbst geschlitzt im letzten Oktober?

Die Verwalterin, treue Schergin des Hausbesitzers, drängte sich in meine Kammer und spähte umher. »Wo ist Fräulein Selma?« (Das wüsste ich auch so gern.)

»Auf Arbeit.«

»Dann teilen Sie ihr mit, dass zum Ersten die Miete fällig wird!« (Ein Jahr schon vorbei? Ein Jahr ohne sie? Mir wurde schwindelig.) »Wer sich fette Würste leisten kann, kann wohl auch zahlen«, setzte sie hinzu, nach einem neidvollen Blick auf den Fleischwurstring. Ich hätte Blutwurst kaufen sollen!

5. Oktober
Ich war wieder im Café der Kontrollmädchen. Manche kannten mich noch. Sie sagten: Warum hast du dich rar gemacht? Du musst doch keine Hure sein, um mit uns Kaffee zu trinken! Sie haben recht. Aber ich bin aus einem bestimmten Grund gekommen, nicht zum Kaffeetrinken (das nächste Mal, versprochen). Der Offizier mit dem Dolch ließ mir keine Ruhe.

Sie gaben mir mehrere Adressen, die ich abklapperte. Bei einer hieß es: »Die schlimmsten Spinner, die ärmsten Wichte – die gehen zu Stuhlmann in der Finkenstraße.« Es kostete mich einige Überwindung, dort einzutreten: Der Tresen war mit Draht vergittert. Dahinter hockte ein derber Kerl in fadenscheinigem Zwirn und schob den Schnaps durch eine Luke, nachdem er sich das Geld gekrallt hatte. Bänke vor den Wänden, sonst kein Mobiliar. Am Nachmittag war es noch leer.

Mit grimmiger Inbrunst paffte der Wirt seine Zigarre, während ich ihm den einarmigen Offizier beschrieb – Koppel, Dolch und Pergamentgesicht. Keine Reaktion. Er schulde mir Geld, behauptete ich. Darauf er: »Wem nicht?« Und deutete mit dem Kopf auf einen Durchgang, der mit einer Decke verhängt war.

Dahinter ein fensterloser Raum. Eine Funzel unter der Decke. Üble menschliche Ausdünstungen. Holzpritschen. Auf einer lag er. Wie aufgebahrt. Den Dolch auf der Brust, die schmutzigen Hände darüber gefaltet, das Hemd fleckig. Sein gesamter Körper wirkte wie aus Pergament. Die Uniform löchrig und zerrissen. Ärmel und Hosenbeine zu kurz. Knochige Arme, Beine, Hände, Füße, wie ausgezehrt. Verwundert beugte ich mich über ihn. »Nicht wecken«, sagte einer mit schleppender Stimme. »Wenn der General aufwacht, fängt er an zu predigen. Das ertrage ich nicht.« Betrunkenes Stöhnen. Ich starrte den Dolch an ... es war ein Kruzifix aus Metall, das Einzige, was glänzte an ihm. Kein Messer im Gurt. »Vorsicht, nicht pusten! Sonst fliegt er weg.« Albernes Gackern.

Ich ging. Das war kein Mörder, den ich dort gesehen hatte, das war ein Toter auf Urlaub. Wie hatte er mir eine derartige Angst einjagen können?

6. Oktober
»Schon gehört? Ketty ist zurück!«, raunte eine Genossin vor dem Zeitungsaushang am Parteibüro (sie haben den Schaukasten erneuert). »Ernst ist fuchsteufelswild. Sie stellt sich gegen die Partei!« – »Was soll das denn heißen?«, fragte ich ungläubig. Da zuckte sie nur mit den Schultern.

7. Oktober
Der Sprühregen nieselt in mein Gemüt. Wenn die Bäume bunt werden, wollen sie uns dann vorab trösten, weil sie bald kahl sind? Ich denke an den Offizier mit dem Pergamentgesicht. Das tut mir nicht gut. Und da ist auch wieder dieses Gefühl, als würde ein Tier in mir nagen, mich innerlich zerfleischen.

8. Oktober
Ich habe eine eigenartige Feststellung gemacht. Ein neuer Schnitt. Ein kleines Loch im Stoff der Bluse. Auf der anderen Seite. Aber auch über der Hüfte, da, wo der Widerstand am geringsten ist. Schon verkrustet. Aber wann war das? Oder ist es nichts? War es nichts? Die blasse Narbe des ersten Schnitts ist kaum noch zu sehen. Es gibt Menschen, die bekommen Wundmale ... (Klara, du spinnst!) Das ist Einbildung, nichts weiter.

9. Oktober
Ich bin zerrissen. Nach der Versammlung nahm Ernst mich beiseite und mahnte, nein, verlangte, ich solle nicht mehr nach Altona gehen. »Du weißt schon, was ich meine!« Ich sagte, ich wüsste gar nichts.

»Deine Leidenschaft geht in die Irre!« – Ich: »Hast du denn meine Leidenschaft gepachtet?«

»Du schmeißt dich diesen Bürgerinnen an den Hals!«

»An ihren Hälsen bin ich nicht interessiert!«

»Das will ich hoffen!«

»Vielleicht aber an ihren Schenkeln und ihren Brüsten!« (wütend)

Er wurde blass, drehte sich um und stiefelte davon. Er legt es geradezu darauf an, dass man ihn verabscheuen möchte. So ein Dummkopf.

10. Oktober
Nosch ist auch zurück. Ich begegnete ihrem stechenden Blick auf der Frauenversammlung. Gleich lief es mir wieder kalt den Rücken hinunter. Sie berichtete vom Frauenkongress in Moskau. Bei ihr geht die Leidenschaft nicht in die Irre. Sie hat keine. Nur eiskalten Willen. Aber wie kann das sein? Eine Frau ist sie doch trotz alledem.

11. Oktober
Kaum da, weiß sie alles besser: Nosch rät uns Jungen dringend davon ab, zu einer Versammlung in Altona zu gehen, wo Ketty für die Syndikalisten spricht. »Ihr habt gelesen, was in der ›Volkszeitung‹ stand!« Haben wir. Habe ich. Und bin vollends verwirrt. Ketty sei jetzt eine Feindin, heißt es. Eine »Renegatin im Dienst der Weißgardisten«, übe »Verrat am Bolschewismus«, sei »Agentin der Konterrevolution«, eine »Lügnerin«. Als »Ratte im Parteigetriebe« bezeichnete sie das »Echo« hohntriefend. »Sie wird bald aus der Partei ausgeschlossen«, ist Ernst sicher. Darauf hofft er!?

Nosch rät dringend davon ab, zu Ketty zu gehen, Ernst rät auch dringend davon ab, zur »Menschin« zu gehen. Also gehe ich zu beiden. Ich rate dringend davon ab, mir von etwas abzuraten!

12. Oktober
Draußen fegt der Wind über die Dachziegel, rüttelt an der Luke. Es klingt beinahe wie Musik. In Moll. Ein Orchester, dessen Streicher mit ihren Bögen auf meinen Nerven musizieren. Sehr dunkle Töne, dazwischen leises, unterschwelliges Kreischen. Das Instrument, das ich bin, ist verstimmt, mal wieder. Ich sitze am Tisch, die Kladde aufgeschlagen, und horche. Frage mich, ob ich nicht wunderlich geworden bin, ängstlich gar. Die Verstimmung rührt daher, dass ich mich verfolgt fühle ... schon, dass ich diesen Gedanken hege, macht mich unwirsch. Ich bin sehr unzufrieden mit mir. Doch der Reihe nach:

Mittags fuhr ich allein mit der Tram nach Altona, niemand wollte mitkommen, man hatte ja abgeraten. Wolken wogten über den Himmel. Der forsche Wind und die gelegentlichen Sonnenstrahlen, die sich kaltgolden über die Stadt ergossen, wenn die graue Decke aufbrach – die herbstliche Frische! –, stimmten mich fröhlich. Mehr Tatendrang als sonst. Neugier!

Die Turnhalle an der Grenze zu St. Pauli (da hatte ich kurz das Gefühl einer Gratwanderung ... Freundin ... Menschin ... Kommunistin) war nur halb gefüllt. Trotz der wichtigen Frage, welche Strategien im Betriebskampf anzugehen seien. Trotz Ketty!

Aber wo war sie? Würde sie überhaupt kommen? Es war alles so vorhersehbar. Die Sozialdemokraten mahnten zur Ruhe, die Kommunisten erhoben radikale Forderungen und schimpften über die geistige Trägheit der Gewerkschaftsbonzen. Man schäumte sich gegenseitig an, dabei ging es nur um Arbeitszeiten, Überstunden, Löhne, die Rechte der

Betriebsräte gegenüber den Kapitalisten. Von dem, was uns vor einem Jahr antrieb, der Kampf für eine neue Gesellschaft, für die Arbeitermacht und die Freiheit für alle Menschen, ist nichts zu hören, nichts zu sehen, nichts zu spüren. Als hätte die Rentenmark sie alle denkfaul gemacht. Dabei sind die Regale bei Heilbuth und Konsorten noch immer nur für die Bürger gefüllt. Wir wechseln die Regierungen wie die Hemden, nur das System wechseln wir nicht. Und warum? Was wollen die Arbeiter? Was wollen die Arbeiterparteien? Reden gegeneinander halten und sich in Kleinigkeiten und Kleinlichkeiten gegenseitig die Schuld zuschieben. Es lebe die Parolen-Republik! Die Industriebarone und Großgrundbesitzer lachen sich ins Fäustchen.

Ich wurde so müde ...

Und dann stand plötzlich Ketty auf dem Podium. Eine Sektion der Hafenarbeiter hatte darauf bestanden, sie auf der Tagesordnung zu behalten. Ein Syndikalist kündigte sie an. Stöhnen unter den anwesenden Kommunisten und Sozialdemokraten. Sie legte ihren Mantel über den Stuhl, zog die Baskenmütze ab, stemmte die Hände in die Hüften. Dichte braune Locken umrahmten ihr schmales Gesicht. Mir war, als würde die Wolke der allgemeinen geistigen Trägheit, die über dieser Versammlung lastete, aufbrechen und endlich ein heller Strahl sich durch das Grau eine Bahn brechen.

Es war ein Blitz, es waren viele Blitze! Ein Gewitter ging auf uns hernieder. Ich hing an ihren Lippen und hatte gleichzeitig das Gefühl, geohrfeigt zu werden.

Die Bolschewiki als Verräter ihrer eigenen Ideale? Ihre Diktatur keine des Proletariats, sondern der Partei? Triumph der Bürokratie? Kasernensozialismus? Knechtung der Arbeiter durch rohe Gewalt! Hunger in Sowjetrussland? Lenkung der deutschen Partei nach den Interessen russischer Außenpolitik ... willfährige Gehilfen einer monströsen Staatsmacht? In Russland hat das Proletariat die Revolution gemacht und die Bolschewiki haben ihm die Macht gestohlen?

Und was die deutschen Arbeiterparteien betrifft: Militaristisch verseucht haben sie das Proletariat gedrillt, stumpfe Parteischergen aus ihnen gemacht, die sich auf Kommando mal hier-, mal dorthin wenden und fleißig die Fäuste heben, je nach Laune ihrer selbsternannten Führer. Fort damit! Parteien dienen nur der Versklavung der Massen!

Gegen Moskau habe das deutsche Proletariat die Pflicht des Ungehorsams. Denn was geschehe, wenn der Aufstand in Moskau geplant werde, hätten wir vor einem Jahr erlebt. Der jämmerliche Versuch einer Revolution krepierte an der Großmäuligkeit der Führer, die liebend gern echte Bolschewiken wären wie ihre Herren in Moskau. Hunderttausend Arbeiter stünden unter Waffen, hatten sie gegenüber Trotzki, Stalin, Sinowjew und Radek behauptet. Nichts davon sei wahr gewesen. Reine Angeberei! Trotzdem spielten sie sich als Herren über die Arbeiterschaft auf, die sie nach Belieben dirigieren könnten. Wollten in Wahrheit gar keine Arbeitermacht, sondern die Macht der Partei. Die kämpfenden Proletarier waren nur Kanonenfutter für die größenwahnsinnigen Träumereien von Lenins kleingeistigen Nachahmern und ihren Putsch-Fantasien! Und wo war die Führung der Partei in Hamburg, als es losging? Abgetaucht! Nicht auffindbar! Feiglinge!

Daher sei Zukunftsaufgabe des deutschen Proletariats: *Meutern lernen!*

Gegen die feige, kompromisslerische Sozialdemokratie, gegen die Moskau-Stiefelleckerei der Kommunistischen Partei. Für die freie Organisation der Arbeiter in der Aktion, für die Aktion! Wenn wir Räte haben, brauchen wir keine Partei! Wofür denn? Damit sie uns die Macht entreißt? Die Parteiführer sind in Wahrheit die Verräter, denn sie sind nur darauf aus, das Proletariat von einer Sklaverei in die nächste zu treiben …

Mir klingelten die Ohren. Sie darf nicht Recht haben, dachte ich. Und konnte doch nicht aufhören sie anzustarren, als sei sie eine Heilige Johanna ... und da ging es auch schon los. Waren es zunächst nur Zwischenrufe und Pöbeleien, drohend erhobene Fäuste, sprangen nun einige Männer auf die Bühne, schoben die Syndikalisten roh beiseite, die sich zu ihrem Schutz postiert hatten, und drängten sie weg ... »Ist das eure Freiheit?«, schrie sie, »euer Aufstand gegen die Wahrheit? Seid ihr so feige?« Die Sozialdemokraten johlten, die Kommunisten brüllten: »Weg mit ihr!« Ich sprang auf: »Nein! Lasst sie doch reden!«

So gebannt war ich von ihrer Virtuosität, ihre Worte überwältigten mich wie eine wilde Musik, als würden ihre Hände über die Klaviatur meiner Seele gleiten, ich spürte eine drängende Nähe ...

Und mein Blick fiel auf ein versteinertes Gesicht am Rand. Unter den seitlich aufgereihten Männern vom Rotfrontkämpferbund stand Ernst. Seine Augen durchbohrten mich. Ich spürte ein unangenehmes Prickeln, beinahe ein Stechen in den Fingerkuppen. Ich starrte meine Hände an. Dann wieder ihn. Seine Lippen formten zwei Silben: »Klara!« Zwei Mal, als wollte er mich beschwören. Entblößte gelbe Zähne, der Rest seines Gesichts wie Pergament. Kettys Worte brachten Saiten in meinem Inneren zum Schwingen, als würde ein Sturmwind durch ein Piano fegen. Aber da ist eine Hand, die will den Kaskaden, Arpeggien, Crescendi ein Ende bereiten ... kalt erhoben, herrisch. Ernst wandte sich mit geballter Faust der Rednerin zu.

Da war Nosch schon auf dem Podium und sorgte mit herrischen Handzeichen dafür, dass Ketty durch den Hinterausgang hinausgeführt wurde.

Ich war wie betäubt. Ketty! ... Wenn sie nun Recht hätte? Sie darf nicht Recht haben! Dann wäre ja alles, was ich tue, umsonst. Ein revolutionäres Proletariat ohne Partei? Und ich ...?

Nosch begann zu reden: »Kein Separatismus! ... hinein in den ADGB ... Straffung der Partei! ...« Nach und nach verließen alle den Raum. Ich ließ mich mit einem Schwall hinaustreiben, versteckte mich hinter breiten Rücken in grobem Tuch. Suchte nach Ketty, fand sie nicht ... verlor mich ... und stand plötzlich in der Seitengasse, fand mich auf dem Weg zur Freundin-Bar. Und da wurde ich so zornig auf mich selbst, dass ich mich schon umsah, ob es irgendwo einen spitzen Gegenstand gab, um mich zu kasteien ... Der Wind peitschte mir einen Regenschwall ins Gesicht und brachte mich zur Besinnung. Ich wollte doch zur Redaktion. Und tadelte mich sofort: »Die Menschin« ist keine Zuflucht! Bilde dir das bloß nicht ein! Nichts ersetzt den politischen Kampf.

Ich wusste es besser, und doch wurde es eine Niederlage. Doppelt. Denn erstens sagte Hedwig, während das goldene Kruzifix an ihrem Collier in ihren Ausschnitt rutschte und zwischen den faltigen Brüsten verschwand (trug sie sonst nicht immer ein Brusttuch?): »Wir wollen nicht so viel Aufhebens darum machen.« Und zweitens: »Auch spekulieren wollen wir nicht.« Bezüglich meines Artikels über die Arbeiterin im Kanal, über die ich meinte herausgefunden zu haben, dass sie der Freundinnen-Liebe zugewandt war! Doch Hedwig sagte (nach sorgenvoller Lektüre): »Selbst wenn es bewiesen wäre, wollen wir doch ein Opfer nicht an den Pranger stellen.«

An den Pranger? »Aber der Täter muss doch ...«

Hedwig schüttelte den Kopf und die hastige Bewegung riss das Kreuz aus dem Spalt, in dem es verschwunden war, und zeichnete eine rote Strieme auf die gelbliche Haut – auch hier Pergament, wieso überall Pergament? Und wieso ständig dieses Zögern, dieses Bedenken, dieses Zurückschrecken vor den harten, grausamen Realitäten? An den Pranger gehört ihr alle mit eurer Doppelmoral! Aber den »Pranger« wollt ihr bigotten Bürger verbieten.

»Ihr habt doch alle Angst, selbst an den Pranger zu kommen!«, schleuderte ich Hedwig entgegen. Da umfasste sie entsetzt ihr Kreuzchen. Und ich sagte: »Jesus am Kreuz und die Frauen auf dem Scheiterhaufen! Und da zögert ihr noch und immerzu. Es muss doch mit der Faust auf den Tisch gehauen werden. Der ganze Tisch muss zerhauen werden! Der Schnitter, das ist doch nicht einer! Das sind sie doch alle!«

Sie starrte mich entgeistert an. »Klara!«

Verdammt, dachte ich trotzig, ich bin selbst eine Johanna.

Und verabschiedete mich harsch.

Dann ... seltsam ...

13. Oktober

Mitternacht ist vorbei. Ich bin so sehr ins Grübeln gekommen, dass mir der Kopf glüht. Habe schon im Bett gelegen. Bin wieder aufgestanden. Was bringt es zu schreiben ... Klarheit? Draußen schleudert der Sturm einen Schwall nach dem anderen über die Luke. Es tropft schon ordentlich. Ich stelle die Waschschüssel darunter.

Gut, dass das Wasser sich über die Scheibe ergießt, sonst würde ich weiter halluzinieren. Von den bohrenden Augen.

Natürlich war es kein Zufall, auch wenn er das behauptet hat. Er wusste, ich würde ihm nicht glauben, aber das gehörte vielleicht dazu. Nur: Was bezweckt er damit? Mir Angst machen? Wovor? Vor der Einsamkeit? Ha! Vor Schikane? Gewalt? So wichtig bin ich nicht, ich bin keine Ketty, nur eine Hilfsangestellte in der Margarinefabrik ...

»Ernst! Was tust du hier!«

Er hatte neben der Tür der Redaktionsstube gewartet und trat neben mich wie ein Polizist und fasste mich unter. Ich schaute erschrocken auf, aber auf seinem Kopf saß kein Tschako, sondern nur die olle Schiebermütze.

Es regnete bereits und der Wind schob uns von hinten

an. Ich wusste, ohne es gesehen zu haben, dass Hedwig oben an ihrem Erkerfenster stand und auf uns hinabblickte, die pergamentene Hand am Kreuz …

»Klara, es geht nicht so weiter. Du musst dich davon freimachen.«

»Wovon denn?«

»Dieser … Verirrung.«

Ich riss mich los. »Was?!«

»Es zieht dich in den bourgeoisen Sumpf.«

»Wie bitte? Was glaubst du denn …«

»Diese falsche Lust korrumpiert …«

Ich blieb stehen. »Sprichst du von Gefühlen? Leidenschaft?«

Sein Gesicht zerknitterte. »Ja, auch das.«

Mein Verdacht war, dass er vor dem Spiegel trainiert hatte, um so blitzschnell von seiner herrischen Miene zum zerknirschten Trottel zu wechseln.

»Ach so! Haben es die Pharaonen in Moskau neuerdings auf die Sapphos in ihren Reihen abgesehen?«

Er schüttelte den Kopf. »Aber hör doch …«

»Will die Partei eine Einheitsmoral? Verderben wir euch den sauberen Kommunismus? Gibt es für uns keinen Platz in eurer Zukunft? Was ist mit der freien Assoziation?«

Nun sah er mich verwirrt an. Ich nutzte den kurzen Moment der Ratlosigkeit und spuckte ihm die zornigen Worte aus dem »Pranger« ins Gesicht: »Ihr lügt, wenn ihr euch über uns erhebt. Ihr seid infam, wenn ihr uns verleugnet, während uns eure Sehnsucht gilt. Eure Ehre ist fadenscheinig und eure Tugend wankt. Wir wissen zu viel von euch, als dass ihr uns imponieren könntet!«

Er wurde blass. Endlich einmal fehlten ihm die Worte. Ich setzte zu einer neuen Tirade an, da stolperten ein paar Laute über seine Lippen wie Brocken, die irgendwann einmal in seiner Kehle oder seinem Gemüt abgeladen worden waren.

»Aber ... Klara ... nein ... hör doch ... du ... ich will doch nur ... es ist ... mehr ... meine letzte Hoffnung ... du könntest alles sein ...«

Ich reckte mich, stieg auf die Zehenspitzen, um seinen Hundeblick zu peitschen, ich war so voller Hass. »Für dich? Bist du verrückt? Hast du nicht verstanden? Willst du nicht verstehen? Schlag dir deine dummen Gedanken aus dem Kopf! Willst du wissen, was ich liebe? Ich liebe die flachsblonden Haare einer Schärenkönigin, ihre schlanken Hände, die mich liebkosen, ihre Schenkel, die mich umfangen, ihren Alabaster-Körper, auf dem ich mich aale, ihren weichen, moosigen Schoß, in den ich mich versenke, und ihre Lippen, die ich aufbreche wie eine reife Feige in einem Märchen aus Tausendundeiner Nacht. Das ist es, was ich will!«

Er wich zurück. »Du brauchst eine Nosch!«, fuhr ich fort wie in einer Raserei. »Und warum nimmst du sie dir nicht? Oder lässt dich von ihr nehmen, das wäre doch mal was anderes. Geh zu ihr nach Hause und mach ihr viele Kinder und stell sie in Reih und Glied neben das Parteibüro als treue Soldaten der Revolution. Oder form dir deine Zinnsoldaten selbst nach dem Vorbild des großen proletarischen Führers, den wir neuerdings haben und dem alle hörig sind. Bau dir eine Gussform in der Schmelze dafür, Ernst der Zweite!«

Und ich rannte davon in der Gewissheit, von nun an geächtet zu sein.

Nie habe ich seine Macht (und die von Nosch) so sehr gespürt wie in diesem Moment, als ich sie mit höhnischen Worten zu zermalmen versuchte.

»Ketty hat dich aufgepeitscht!«, brüllte er mir mit heiserer Stimme nach.

Spüre ich deswegen immer noch diese Angst? Weil ich gesehen habe, was seine Genossen mit ihr machten? Angst erzeugt Angst – in beide Richtungen. Ich dachte nicht, dass es die Angst ist, die uns regiert. Ich dachte immer, sie soll überwunden werden. Mit Mut und Ziel.

Mir vergeht gerade der Mut.

Aber wieso? Aus Scham? Weil ich ihm mein Bekenntnis entgegengeschleudert habe?

14. Oktober
Wieder geschnitten, diesmal tiefer. Als würde das Tier in mir nach oben steigen und von innen die Haut ritzen mit ganz feinen Krallen. Ich sollte mich mit ihm anfreunden, es hilft mir dabei, mich selbst zu zerfetzen.

(Ich bin nicht ganz bei mir. Wie konnte dies geschehen?)

Später: Angst. Ein Frettchen geistert durch meine Träume.

16. Oktober
Ich bin seit drei Tagen nicht im Parteibüro gewesen. So feige bin ich. Wage nicht, ihm unter die Augen zu treten. Dabei sollte er sich unterstehen, es zu tun!

Ich bin froh über den Stumpfsinn der Kontorarbeit. Lieber Zahlenkolonnen schreiben, addieren, subtrahieren, multiplizieren, dividieren, Prozente ohne Ende ermitteln, Summen aufsummieren, in Kästchen und Zeilen und Spalten notieren und die Papiere anschließend durch die ölige Luft der Fabrikhalle tragen, im Aufsichtsbüro abliefern, die Pause in einer dunklen Ecke fristen, und irgendwann im Schatten der Häuser unbemerkt nach Hause hasten – als den Genossen unter die Augen zu treten.

Gleichzeitig frage ich mich, woher dieses Gefühl von Schuld kommt – weil ich diesem Dummkopf die Wahrheit um die Ohren geschlagen habe? Oder weil meine Disziplin zu wünschen übrig lässt? Die anderen sind nicht auf der Versammlung gewesen. Sie haben Disziplin geübt. Sie verschließen die Augen. Ich reiße sie weit auf – und komme mir dennoch blind vor. (Disziplin wäre, die Augen zu verschließen und sich dann einzubilden, zu sehen?)

Ja, dumm, wie ich bin, merke ich erst spät (gerade jetzt, ich lag schon im Bett), dass ich doch bei keiner anderen in der Schuld stehe als bei Ketty. Ich muss sie sehen!

17. Oktober
Einen Tag später, und ich wäre umsonst hingegangen, hätte am Steinweg vor verschlossenen Türen gestanden. Die wenigen Möbel der »Pranger«-Redaktion standen schon im Hausflur, warteten auf die Möbelpacker. Enttäuschung: Ketty war nicht da. Der dünne Mann mit dem verkniffenen Blick erklärte lapidar: »Die Organisation der Kontrollmädchen wurde aufgerieben, der ›Pranger‹ verboten, die Gelder sind versiegt, der Vermieter will uns raushaben.«

»Und nun?«, fragte ich. Er hob die Schultern: »Fangen wir wieder von vorne an?« Kopfschütteln. »Ketty verschwendet ihre Energie bei den Syndikalisten ... gefährliches Spiel.« Er nannte mir eine Adresse in Wilhelmsburg.

18. Oktober
Ich musste dort hin! Raffte mich mühsam auf, nach Feierabend. Erschöpft, mit nach Öldunst stinkenden Klamotten. Endlose Fahrt mit der Straßenbahn. Wieder dieser Sturm. Der Wind peitscht Regen gegen die beschlagenen Wagenfenster. Vereinzelt dumpfe, düstere Gestalten auf den Bänken. Ein taumelnder Schaffner mit meterlanger Fahne. Auf den Elbbrücken so starke Böen, dass die Wagen schwanken, als wären wir auf einem Schiff. Umrisse von Dampfern auf der quecksilbrigen Elbe. Man müsste hinabspringen auf das Deck eines Schiffes und mit ihm das Weite suchen – wäre das denn Feigheit? Oder vielmehr Mut? Es gibt kein Entkommen, das wissen wir. Aber gäbe es nicht mehr Zuversicht unter einem anderen Himmel, unter einer anderen Sonne, einem anderen Mond? Hier: kein Himmel, keine Gestirne, nur Regen und Sturm. Dort: Hoffnung. Aber wo genau sollte das sein?

Eine schnurgerade Straße in Wilhelmsburg, die nicht enden will, gesäumt von gebeugten mickrigen Häusern, die kaum ihre ein, zwei Stockwerke zu schultern vermögen. Backsteinwände in der Farbe von getrocknetem Blut.

Die graue Tür steht einen Spaltbreit offen. Ein Klingelzug. Mich kündigt ein blechernes Scheppern an. »Ketty? Hoch, dann rechts«, sagt eine zahnlose Alte. Steile, schmale Treppe. Oben angekommen schlägt mir das Herz bis zum Hals. Meine Aufregung grenzt an Panik.

»Wer ist da?«

»Klara aus Barmbek.«

Ein Schlüssel dreht sich knirschend im Schloss. Sie trägt einen Mantel, wendet sich ab. Schwaches, kaltes Licht fällt durch das Fenster. Ein altes Sofa, ein Tisch, ein Stuhl, eine Kommode. Bücher, Zeitungen, Schriften, Flugzettel liegen überall herum. Unbekannte Titel: »Proletarischer Zeitgeist«, »Die Aktion«, »Weltkampf«, »Der Sturm«, »Von Unten Auf«, »Weg und Ziel«.

»Du staunst?«, sagt Ketty und lässt sich aufs Sofa fallen. »Die Revolution hat viele Gesichter und das Proletariat unterschiedliche Stimmen. Die rote Fahne birgt Schattierungen. Schwarz ist sie manchmal auch.« Sie spricht mühsam. Leises Ächzen und Stöhnen, als sie sich ausstreckt und eine Wolldecke über sich zieht. »Gib mir doch bitte das Kissen dort, Klara. Du musst mit dem harten Stuhl vorliebnehmen.«

Jetzt erst bemerke ich den blauen Fleck unter ihrem Auge, die geschwollene Wange.

»Es ist nett, dass du mir einen Krankenbesuch abstattest.«

Auf dem Stuhl liegt ihr Pamphlet gegen die Bolschewisten. »Los von Moskau!«, diese Parole kommt mir vor wie eine Blasphemie. Und sofort muss ich an den Bibliothekar denken, der mir bestimmte Bücher verboten hatte. Das stürzt mich in Verwirrung …

»Das Büchlein darfst du gerne mitnehmen. Aber lass dich nicht von deinen Genossen erwischen. Die nehmen dich ins Gebet, bis du nicht mehr weißt, wo vorne und hinten ist … so was bringt man ihnen in Moskau bei.«

Ich sitze neben ihr und wage es kaum auszusprechen: »Was ist denn geschehen? Das sieht furchtbar aus. Ist es schlimm?«

Sie lächelt traurig: »Außerdem zwei angeknackste Rippen. Aber schlimm ist, dass mein Liebster mich im Stich lässt, weil die Partei von ihm Gehorsam in der Liebe verlangt. Kannst du dir das vorstellen? Nicht nur fordern sie von ihm bürgerliche Tugend und Rückkehr zu Frau und Blagen, sondern nageln sein Herz an die Kerkerwand der kommunistischen Moral.« Sie lacht, es scheint sie zu schmerzen: »Ich sagte zu ihm: Freiheit ist immer die Freiheit der Andersliebenden, da blieb ihm die Spucke weg. Es ist noch ein weiter Weg …« Sie stöhnt, als sie sich das Kissen zurechtrückt.

Abschätzige Handbewegung: »Du kennst das … Aber sag: Wie geht es dir?«

Damit öffnete sie alle Schleusen. Ich redete und redete. Der Drang mich zu bekennen, zu erklären, war unendlich groß. Ein Monolog … merkte ich irgendwann und brach ab, als ich bei Ernst und meiner Schimpftirade angelangt war. Da lachte sie: »Die Herren Kommunisten sind sehr besitzergreifend, nicht wahr? Wir werden alle Hände voll zu tun haben, um ihnen auf die Sprünge zu helfen. Enteignet die Enteigner – was das im Bett für sie bedeutet, haben sie noch gar nicht erfasst.« Dann ein warnender Blick: »Sei auf der Hut vor allen, die Ernst heißen – der Name sagt schon alles. Der eine wie der andere hat es zu verantworten, dass ich mich kaum noch rühren kann – was auch ihre Absicht war.«

Ich sah sie entgeistert an.

»Das ist ihre neue Strategie: Raufboldpolitik. Sie haben

einen dummen Kerl geschickt, der den Auftrag hatte, so zu tun, als sei er ein gemeiner Verbrecher. Wie albern, wo er mir doch eine Botschaft mitgeben sollte. Er hatte sie brav auswendig gelernt: ›Keine Agitation in unseren Reihen, sonst …‹ Gleichzeitig sind sie hier eingebrochen und haben mein Manuskript gestohlen. So werde ich meinen Bericht über die Ausbeutung der russischen Arbeiter durch die bolschewistischen Diktatoren neu schreiben müssen.«

Sie sei einige Monate als Kommissarin in einem sowjetischen Betrieb gewesen. »Antreiberin, Aufpasserin, Kontrolleurin … denn die Fabrik gehört noch immer nicht den Arbeitern, sondern dem bolschewistischen Staat. Und der gehört der bolschewistischen Partei, und die gehört den bolschewistischen Führern, da braucht es zweifellos eine neue proletarische Revolution, eine neue Enteignung … du siehst …« Da schaute sie mich an, bemerkte mein ungläubiges Gesicht und schüttelte den Kopf: »Nein, du siehst nicht …«

»Aber …«, begann ich, und dann versagten meine Gedanken, ich wusste nichts zu entgegnen. Vor allem: Ich wollte ihr nicht glauben! Unbedingt nicht! Es wäre doch alles zerstört, wenn das wahr wäre! DAS DARF NICHT SEIN!

(Jetzt, wo ich dies schreibe, bekomme ich Angst. Ich will mich nicht im Nirgendwo verlieren.)

»Der graue Himmel mag uns erdrückend erscheinen«, sagte ich. »Aber darüber scheint doch die Sonne. Wenn die Wolken verziehen …«

»Es kommt aber auch darauf an, wer die Wolken zerreißt. Und wer dann in der Sonne steht und wer in den dunklen Kerker der Fabrik oder des Arbeitslagers gesperrt wurde …«

»Bitte, Ketty, es mag dir so erscheinen, aber ich brauche doch meine Hoffnung!«

»Ich auch! Ich habe nicht die Absicht, sie zu zerstören. Das tun die anderen.«

»Nein!«

»Hatten wir nicht Tote im letzten Jahr? Verletzte? Wie viele gingen ins Zuchthaus? Wer hat das deutsche Proletariat ans Messer geliefert? Wer saß gemütlich im Exekutivkomitee in Moskau und glaubte, von dort aus den Aufstand des deutschen Proletariats dirigieren zu können? Und wer kroch speichelleckerisch zu den großen Führern und erzählte ihnen Märchen von sagenumwobenen proletarischen Hundertschaften, militärisch organisiert und bis an die Zähne bewaffnet, bereit, Sowjetdeutschland im Handstreich zu verwirklichen? Da hatte sich eine Horde von Fantasten zusammengefunden, um sich gegenseitig einen Bären aufzubinden. Und dann sind sie der Reaktion in die Falle getapst wie Clowns in der Zirkusmanege. Nur dass die Führer ihre Wunden mit einem Pflaster und ihren Seelenschmerz mit einer Flasche Wodka verarzten konnten, während die Kämpfer Blut und Leben opferten. Das macht einen Unterschied!«

Ich sprang auf und rief noch einmal: »Nein!« Und: »So wie du sprichst, machst du alles zunichte. Das will ich nicht hören. Nicht mal von dir!«

»Die Wahrheit?«

»Das ist doch nur deine Wahrheit! Das ist Verrat!« Ich drehte mich um, riss die Tür so heftig auf, dass ich beinahe stürzte. Taumelte ins Treppenhaus.

»Höre, Klara«, rief sie mir nach. »Bleib wenigstens den Frauen treu. Dann ist nicht alles verloren.«

Ich trampelte wütend die Treppe hinab und marschierte mit strammen Schritten zurück zur Straßenbahnstation.

Wenn sie Recht hätte, würde ich nicht mehr leben wollen. Los von Moskau? Wenn wir das täten, stünden wir doch gänzlich im Nichts.

19. Oktober

Nun frage ich mich doch, ob ich nicht eine Bibliothekarin bin, die sich selbst das Lesen bestimmter Bücher verbietet.

Erneut Parteiarbeit. Es tut mir gut. Einige neue junge Genossen und Genossinnen sind dazugekommen. Frische Gesichter. Das stimmt mich zuversichtlich.

Dann aber wieder Ernst. Auf dem Roten Platz. Als hätte er mir aufgelauert. Er hat eine Art, hinter einem Baum, hinter einer Hauswand, aus einer Durchfahrt, einem Hauseingang hervorzutreten, dass man nur Schlimmes vermuten mag.

»Gut, dass du wieder dabei bist«, sagt er. »Wir brauchen dich.« Ich zeige ihm die kalte Schulter. Er läuft neben mir her. »Du dreckiger Feigling!«, murmele ich vor mich hin. Er hat es gehört. Dieser Dummkopf ahnt nicht, dass ich genauso mich damit gemeint habe. Er hält mich fest. »Lass das!« Ich schüttle ihn ab. »Höre, Klara, in der ›Volkszeitung‹ suchen sie Korrespondentinnen. Du willst doch weiterschreiben.«

»Will ich das? Woher glaubst du das zu wissen?«

»Ich kenne dich doch ...«

Da bleibe ich stehen. Es gelingt mir, ruhig zu sprechen: »Ich kenne *dich*, Ernst. Ich weiß, auf welche schäbige Weise *du* Parteipolitik machst. Ich weiß, dass du Schläger schickst, um Andersdenkende mundtot zu machen. Ich weiß, dass du sogar Frauen verprügeln lässt. Ich weiß, dass deine Art von Politik nicht meine Art von Politik ist. Und ich hoffe nur, dass andere das auch bald erkennen werden.«

Er tut erstaunt: »Frauen verprügeln?«

»Ketty!«

»Ach, hörst du noch immer auf sie? Die lügt doch!«

»Sie hat zwei angebrochene Rippen und ihr Gesicht ist entstellt.«

»Damit habe ich nichts zu tun!«

»Nein? Ach so, du hast ja nur einen Schläger geschickt. Rotfront, Pontius Pilatus! Deine Scheinheiligkeit steht dir ins Gesicht geschrieben.« Und das stimmt. Seine Miene erstarrt zu einer eigenartigen Maske, leicht verzerrt und leblos. Wieder dieses Pergament. Die Fäuste in seinen Hosentaschen scheinen ein Eigenleben zu entwickeln. Das habe ich schon einmal bemerkt. Wird er in die Enge getrieben, wühlen seine Hände in den Taschen.

Da stand mit einem Mal Nosch neben uns. Leicht atemlos, als wäre sie herbeigeeilt. Ein Lächeln auf den Lippen, so gewollt freundlich und gefälscht, dass man ihr ein Harlekinkostüm hätte anziehen können. »Klara! Wie schön dich zu sehen! Hast du einen Moment Zeit?« Und sie drängte Ernst beiseite. Es ist erstaunlich, wie sie ihn nur mit einer leichten Schulterbewegung zu dirigieren vermag. Er trottete davon.

Sie fasste mich am Arm. Nun kam die Moralpredigt: Es sei gut, dass ich die Jugend zum Denken anregen wolle, aber es könne nur *eine* Partei und *eine* Linie geben. Konkurrierende Bewegungen bedeuteten Spaltung und Schwächung. Nein, auch ein Dialog sei schädlich. Es sei schon mühsam genug, die bolschewistische Linie konsequent zu verfolgen, da bedeute Abweichung nur Konterrevolution. Linke Abweichler wollten uns zerschlagen, genau wie die Sozialdemokraten. Letztlich stünden sie im Dienst des Kapitals, weil sie das Proletariat spalten. Wieder die üblichen Parolen. Das konnte ich nicht einfach so gelten lassen: »Die kommunistische Idee ist doch mehr als die Partei, sie ist größer als die Partei.« Da lächelte sie zuckersüß: »Es ehrt dich, dass du dir solche Fragen stellst. Aber hier gehst du den Weg zurück von der Wissenschaft zur Utopie.«

»Wäre das so schlimm?«, fragte ich.

Da nickte sie gravitätisch.

Ich wollte fragen, wie sich Leidenschaft und Liebe mit ihrer Wissenschaft vertragen, da wechselte sie das Thema und sagte: »Was ich dir noch sagen wollte ... wegen Ernst ...« Trauermiene.

»Was ist denn mit ihm?«

»Er ist sehr aufgewühlt.«

»Na und?«

»Ich versuche, ihn zu bremsen.«

»Schön, dann sag ihm, er soll mich in Ruhe lassen.«

»Hab ich schon. Aber das, was du ihm neulich an den Kopf geworfen hast, bewirkt nur, dass er sich ...«

»Und wenn schon! Es tut mir nicht leid. Er hat es provoziert. Was steigt er mir auch nach? Und was das mit dir und ihm betrifft, das ist mir so rausgerutscht. Entschuldige.«

Ungeduldige Handbewegung. »Darum geht es nicht. Halte dich fern von ihm. In ihm brodelt ein Vulkan. Er weiß manchmal nicht, was er tut.«

»Den Eindruck habe ich auch.«

Ernster Blick ihrerseits. Sie mag keine Ironie. Das ist auch so ein Problem mit unserer Partei. Wir sind eine sauertöpfische Bewegung. Ich überlege, etwas dagegen zu unternehmen. Wir könnten in der KJD eine Kabarett-Gruppe gründen.

22. Oktober

Morgen soll der Jahrestag des revolutionären Oktobers begangen werden. Die »Volkszeitung« titelt: »Vorwärts im Geiste des Roten Oktober!« und »Seit an Seit mit Sowjetrussland!« Unsere Toten werden aufgelistet. Vierundzwanzig Namen. Einige wurden in den Gefängnissen zu Tode gequält. Wenn ich ehrlich bin ... ich will nicht ehrlich sein ... doch! Sei es! ... möchte ich nicht mehr daran denken. Sie haben aus unserer Niederlage eine Heldengeschichte gemacht. Es klingt falsch in meinen Ohren ... schrill ... als hätten Ernst und Nosch zusammen die Feder geführt ... mit solcher Willenskraft, dass ihr Schreibgerät sich verbog und krumm wurde wie ihre Worte. Neulich sagten sie, wir seien Soldaten, die über alle Hindernisse hinweg marschieren müssten bis zum Sieg ... wo ist der Sieg? Er scheint weiter entfernt denn je. Und was wäre der Sieg? Vielleicht sollte ich nach Russland gehen und mit eigenen Augen überprüfen, ob Ketty Recht hat ... aber was dann? Unnützer Gedanke, sie würden es niemals zulassen.

Es klopft an der Tür … so spät …

Die Zeit blieb stehen.

Erschrocken rief ich: »Jakob?!«

»Na, hör mal, Herzchen«, sagte sie mit gewollt tiefer Stimme: »Erkennst du mich denn nicht wieder?«

Ob es *sein* Anzug war? Ich kam nicht dazu, sie zu fragen. Ich starrte sie an mit offenem Mund. Sie zog die Schiebermütze vom Kopf, und die flachsblonden Haare fielen über ihre Schultern. Mit halbgeschlossenen Augen, einen Arm vorgestreckt, schob sie mich ins Zimmer.

»Nett haben Sie's hier, Fräulein.« Sie schaute sich anerkennend um. Es war ja alles ihrs, bis auf die Kleider, die Kladden und die Tinte.

Sie stemmte die Fäuste in die Hüften: »Schön, schön«, sagte sie immer noch mit verstellter Stimme. »Und wie ist's um Ihre Gunst bestellt?«

»Bitte?«

Sie deutete mit ausgestrecktem Zeigefinger auf meine Brust: »Das Herz, wurde es einer anderen geschenkt?«

Ich schüttelte den Kopf.

»Kann man es kaufen?«

Wieder schüttelte ich den Kopf.

»Kann man es mieten?«

Kopfschütteln.

»Erobern?«

»Nicht mehr.«

»Stehlen?«

»Es ist schon gestohlen …«

»Oh, wer könnte der Dieb sein?«

»Eine Diebin.«

Sie löste den Knoten ihrer Krawatte, zog sie auf, nahm sie ab. Den Blick immer noch gesenkt.

»Könnte es nicht sein, dass es sich um zwei Diebinnen handelt, die sich gegenseitig bestohlen haben?«

»Das könnte sein.«

»Dann ist da wohl nichts mehr zu machen.«

Ich schüttelte den Kopf. Ich bebte, als sie mir das schmale Stück Stoff um den Nacken schlang und mich ganz langsam an sich zog. Sie hob den Blick ... und das schmale Stück Stoff wäre gar nicht nötig gewesen, denn ihre Augen besaßen ... eine magnetische Kraft ... wie eine Hypnose ... und dann prallten wir aufeinander wie zwei Geschosse, die lustvolle Vernichtung suchten ... klammerten uns aneinander in wilder Sehnsucht ... wollten verschlingen und verschlungen werden ... fielen, stürzten, rangen und schlugen und schluchzten ... ich biss ihre Lippe auf wie eine reife Kirsche und der rote Saft tropfte in meinen Mund und Selma schrie auf vor Schmerz und biss zurück ... wir waren Kannibalen der Lust ... ein Knäuel pulsierender Leiber in einem Moment aufbäumender Leidenschaft ... bis alles verschwand ... und ... nichts blieb übrig, nur Schmerz und Leere, unendliche Trauer darüber, dass es nicht für immer, dass es nicht das Ende sein konnte. Wir zogen die Decke über uns und weinten und schluchzten und küssten uns die Tränen vom Gesicht.

Wir verweigerten uns dem Morgen.

Später fanden wir einander wieder und leckten gegenseitig unsere Wunden.

Zwischendurch – oh, ich Verräterin! – musste ich an Ketty denken, an einen Text von ihr, den sie mir gezeigt hatte: »Tiefe feine Quellen schlummern in uns; anschwellend, drängend, überflutend. Sturzseen gleich; gleich Sturmfluten. Singenden pochenden Adern gleich. Sie müssen sich öffnen, diese Quellen. Keine Dämme sind mächtig über sie. Dehne deine Glieder und gib Platz den Quellen. Ströme aus deine Kräfte und öffne die verkrampften Lippen dem Schrei des Verlangens.« Wie hatte sie diese Gefühle bloß mit einem Mann erleben können?

»Wir sind fleischfressende Pflanzen«, sagte Selma, und ihr Lächeln war jetzt wieder schüchtern.

Es stand eine Frage im Raum, doch sie wurde nicht gestellt. »Wo warst du, wie ist es dir ergangen?« Oder auch: »Warum bist du nicht im Sommer gekommen, im luftigen Kleid mit gebräunten Armen und Beinen?«

Stattdessen erzählten wir uns unsere gemeinsame Geschichte und die von Jakob und wie es gewesen war, bevor ein Riss durch unsere Welt ging und uns trennte ... nur nicht an jetzt oder morgen denken.

Aber das Jetzt und das Morgen dachte an uns.

Es kam, uns zu belästigen.

Mit schweren nietenbeschlagenen Stiefeln trottete es die knarzenden Treppen hinauf. Ich erkannte seine Schritte und erstarrte. Mit einem Mal fror ich, als würde ein eisiger Winterwind durch die Dachluke wehen.

»Klara, was ist dir?«

Die Tür war nicht versperrt!

»Still! Sei still!« Ich drückte ihren Kopf unter die Bettdecke.

Er trampelte herein wie die Karikatur eines Gehörnten, es fehlte nur noch der Schaum vor seinem Mund. Um die hässlichen Worte zu dämpfen, die er ausstieß.

Die Tür knallte gegen die Wand, so heftig hatte er sie aufgestoßen. Er machte eine Geste, als wollte er in einem Rundumschlag alles umwerfen.

»Guten Morgen, Ernst«, sagte ich und wunderte mich über meine Chuzpe, denn nackt wie ich war, saß ich da im Bett, die Decke schützte mich nur von der Hüfte abwärts. Vielleicht war es gerade diese Nacktheit, die mich rettete (mich und meine Unsichtbare!), denn sie verblüffte ihn, lähmte ihn, lenkte ihn ab. (Ich war mir sicher, hätte er sich genähert, hätte ich ihm die Augen ausgekratzt. Nicht wegen mir, sondern wegen Selma. Seine stierenden Augen sollten ihren Körper nicht betasten.)

»Wo ist sie? Ich weiß, dass sie hier ist!«

»Aus welcher Schmierenkomödie des bourgeoisen Boulevards stammt denn diese Zeile?«, fragte ich zurück.

Sein Kopf ruckte nach links, nach rechts. Als wäre er ein Ochse, der seine Riemen vermisst und nicht weiß, ob er einen Schritt allein gehen darf oder sofort zurückgezerrt wird. In Erwartung eines Schlags mit dem Ziemer.

Aber, wie kam er überhaupt darauf, jemand könnte hier sein? Oder sie?

Mein Blick wanderte zur Tür. Und schon wurde mir alles klar. Durch den breiten Spalt konnte ich sehen, dass jemand lauschte. Leicht gebeugt, die Hände ringend (womöglich mit schlechtem Gewissen?) – Gustav, der Leiter der frisch gegründeten Häuserzelle. Ein freundlicher, blasser Genosse, der glücklich war, eine Funktion bekommen zu haben. Drei Häuser unterstanden ihm, in drei Häusern repräsentierte er Geist und Willen der Partei ... Arbeitersamariter war er obendrein ... auf Versammlungen widersprach er nie, stimmte Ernst vorbehaltlos zu, folgte brav allen seinen Widersprüchen ... und hält für ihn die Augen offen. Er hatte mich verpfiffen! Damenbesuch! Ha!

Ernst stapfte zwei Schritte auf mich zu, immer noch um sich spähend, als gäbe es hier geheime Ecken und Nischen. Sogar die Luke nahm er ins Visier.

»Suchst du was, Ernst?«

(Und verspürte dabei ein seltsames Gefühl ... und das war wirklich merkwürdig, nämlich in dem Moment, als er mich anstarrte, meine Brüste, und ich sie ihm stolz entgegenreckte und dachte: Das ist meine Freiheit als Frau, du schäbiger Tölpel! ... und er irritiert war und abgelenkt und voller Pein, da dachte ich: Das Geheimnis der Amazonen war nicht nur ihr Schwert!)

»Wo ist sie?«, wiederholte er.

»Wer denn?«

»Ketty!« Er stieß ihren Namen hervor wie ein hässliches, schmutziges Wort, geradezu angewidert.

Ich starrte ihn wohl so verblüfft an, dass er sofort merkte, wie sehr er auf dem Holzweg war.

»Lüg nicht! Eine Frau wurde hier gesehen!« Er starrte zur Dachschräge. Über dem Tisch hing ein Artikel von ihr aus der Zeitschrift »Aktion« mit ihrem Porträt, eine Zeichnung. »Da! So weit ist es schon mit dir gekommen?«

»Hier ist keine Ketty«, sagte ich. »Aber, wenn du es unbedingt wissen willst: Selma war hier.« (Wenn ich etwas gelernt hatte in den vielen Parteiveranstaltungen, dann dies: Um nicht überführt zu werden, gibst du so viel zu, wie gerade genügt, um den Gegner auf eine falsche Fährte zu locken. Die einzige Lüge hier war die Vergangenheitsform. Das war mein Amazonenschwert. Es brachte ihn zu Fall.)

»Selma ... was denn ... wieso? Warum?«

»Es ist ihre Wohnung. Und ist sie nicht meine Freundin?«

»Aber ... sie ist doch ...«

»Was ist sie?«

»Eine ... eine ...«

»Was weißt *du* denn über sie?« Jetzt wurde mir doch schwindelig. Selma lag neben mir wie ein flaches Brett und regte sich nicht. Ich merkte dennoch, wie mir das Blut zu Kopfe stieg.

»Genug.«

»So?«

»Genug, um zu wissen, dass sie eine Verräterin ist.« Er fand zurück in seine Rolle als Aufpasser.

»Sie war nie in der Partei, Ernst.«

»Dennoch ...« Jetzt, da er merkte, dass er mir eine regelrechte Szene machte, kam er sich lächerlich vor und ruckte an seinem Gurt, zupfte an seiner Baumwolljacke, rückte die Schirmmütze zurecht. Nahm die Haltung eines Mannes an, der glaubt, er wüsste, was Haltung ist. Wie sollte das gehen, angesichts einer Amazone, die sich ihrer Nacktheit nicht schämt. Er schämte sich jetzt.

Schaute zur Seite, aber nicht mehr suchend, sondern fliehend.

»Entschuldige ...« Er drehte sich um.

Und ging. Zog sorgsam die Tür ins Schloss. Ging mit schweren Schritten die Stufen hinunter, gefolgt vom zögernden Tapsen von Gustav, dem miesen Spitzel.

Selma tauchte auf. Genauso verblüfft wie ich.

Draußen startete der Motor eines Automobils. Ich sprang auf, kletterte auf einen Stuhl und spähte durch die Luke.

Ernst eilte mit großen Schritten auf eine schwarze Limousine zu, zog die hintere Tür auf und setzte sich neben eine dunkle Gestalt. Der Wagen rollte davon. Der Chauffeur streckte eine Hand aus dem Fenster und scheuchte ein paar Kinder beiseite.

Selma trat zu mir und umschlang meine Hüften.

Am Abend, als wir hungrig wurden, führte sie mich aus. Sie hatte Geld wie Heu, und es störte mich nicht im Geringsten! Im Carrousel de Paris neben dem Trichter auf St. Pauli darf die Dame jetzt auch mit der Dame tanzen! Das Foxtrott-Fieber ist wieder ausgebrochen!

»Lass uns verreisen, Klara.«

»Wohin?«

»Berlin, Paris.«

»So weit?«

»Das Leben ist ein Karussell, Klara.«

»Mit dir, ja.«

»Aber?«

»Kein Aber, der Kommunismus ist international.«

»Ach, Klara!«

Ich machte sie traurig.

Wieder fielen dunkle Schatten über mich. Beim Zeitungshändler unter der Hochbahn stach mir eine Schlagzeile im

»Echo« ins Auge: »MORDANSCHLAG AUF ABTRÜNNIGE KOMMUNISTIN«. Ahnungsvoll riss ich dem Mann das Blatt aus der Hand. Mir schwindelte. Ich lehnte mich gegen einen rostigen Pfeiler und las hastig, verlor die Schrift, die Buchstaben verwischten, fing erneut an, versuchte zu verstehen, zu erklären, was geschehen war, was da stand, was ich nicht verstand und doch allzu gut: »Die ehemalige KPD-Abgeordnete der Bürgerschaft Ketty G. wurde gestern das Opfer eines feigen Anschlags. Nach einer Rede auf einer Versammlung der Hafen- und Transportarbeiter am frühen Abend auf dem Central-Markt, wo die bekannte und begabte ehemalige kommunistische Agitatorin die Arbeiter erneut aufforderte, sich vom Bolschewismus loszusagen, wurde Ketty G. in der Nacht in einer Seitengasse auf St. Pauli von einem Messerstecher überfallen und niedergestochen.

Die Polizei vermutet, dass es sich um einen Racheakt handelt, da die ehemalige Abgeordnete vor einigen Jahren den hiesigen Luden ins Handwerk pfuschte, indem sie – sehr zum Verdruss der männlichen Kommunisten – die sogenannten ›Kontrollmädchen‹ organisierte. Ihrem Eifer im Kampf gegen die bürgerliche Doppelmoral ließ sie freien Lauf in der inzwischen eingestellten umstrittenen Publikation ›Der Pranger‹, in der sie sich nicht scheute, auch bekannte Persönlichkeiten an selbigen zu stellen.

Die selbstgerechte Kämpferin für Frauen- und Prostituierten-Rechte verließ nach einem Moskau-Besuch enttäuscht die KPD und schloss sich den sektiererischen Syndikalisten der Arbeiter-Union an, die gegen alles kämpfen, was ihnen nicht radikal genug ist, ganz gleich ob sozialdemokratisch oder kommunistisch. Für die reine Lehre dieser quasi-anarchistischen Revoluzzer trat sie auch auf dem Central-Markt ein und forderte die Arbeiter auf, sich jenseits der Parteien rein gewerkschaftlich und rätedemokratisch zu organisieren. Sie erntete schwachen Beifall.

Wer nun ein so starkes Interesse an ihrem Ableben

haben könnte, dass er sie im Schutz der Nacht mit einem Messer attackiert, weiß nicht einmal die Polizei zu sagen. Der zuständige Amtsarzt im Hafenkrankenhaus wies darauf hin, dass es sich um eine besonders heimtückische Tat handelt, bei der offenbar ein Skalpell oder ein Gerät mit ähnlich dünner und scharfer Klinge benutzt wurde. ›Einen Zentimeter tiefer, und ihre Schlagader wäre zerschnitten worden, was den sicheren Tod bedeutet hätte‹, erklärte der Mediziner. Könnte sie ein Opfer des noch immer nicht gefassten Schnitters sein? Ein Sprecher der Kriminalpolizei wies lediglich darauf hin, dass es in letzter Zeit im Milieu der Luden verstärkt zu Messerstechereien kam, nicht zuletzt sei die Gewaltbereitschaft in gewissen Kreisen aufgrund des grassierenden Kokain-Konsums stark gestiegen. Die Vermutung liege nahe, dass hier eine alte Rechnung beglichen werden sollte, von wem auch immer. ›Wir ermitteln nach besten Kräften.‹ Einen politischen Hintergrund kann die Polizei nicht erkennen, hat sich die Tat doch weitab politischer Geschehnisse im Vergnügungsviertel ereignet.«

Mir schwindelte, mir wurde schlecht. Ich musste mich übergeben, stand am Straßenrand und würgte und würgte, bis eine Frau zu mir trat, um zu helfen … ich blaffte sie an und rannte davon … nach Hause … aber dann trat ich nicht ein … was sollte ich Selma sagen? Musste ich nicht auch wissen, wie es wirklich um Ketty stand?

Die Tram brachte mich nach St. Pauli. Ich gab mich als Schwester aus. Wurde in einen kleinen Krankensaal geführt. »Nur kurz!« Stöhnen, leises Jammern. Ein seltsamer Geruch nach Wundbrand, schalem Atem und Desinfektion. Ein Wandschirm um ihr Bett. Sie war wach. Regte sich kaum. Lächelte schwach. »Du?« Ich nickte nur. »Danke.« Ihr Gesicht, ihre Hände wächsern gelblich, bleich. Die Schwester neben mir ungeduldig. »Das überlebe ich«, sagte Ketty. Sie holte tief Luft, stöhnte. Dann: »Es gibt keine

Macht und keine Autorität ... vor der ich das Knie beugen könnte. Kein Wunder, dass mich ... alle Welt ... für einen Feind ansieht.« Erschöpft schloss sie die Augen. Ich war so verwirrt, dass ich mich fortführen ließ, ohne ein Wort des Abschieds.

Ich irrte herum im Schatten des monströsen Bismarckdenkmals, landete in der Kastanienallee im Goldenen Anker, einer Arbeiterkneipe, wo mir die Wirtin einen Schnaps und dann noch einen einschenkte, bis ich wieder gerade stehen konnte.

Und doch war ich noch nicht klar bei Verstand, denn ich stolperte übers Millerntor zur Neustadt in die Straße, wo die Redaktion des »Pranger« gewesen war – nur um festzustellen, dass dort nichts mehr darauf hinwies und also auch nicht auf Ketty, aber was war das auch für eine blödsinnige Idee ...

Apathische Tramfahrt ... zu Hause warf ich mich aufs Bett, weinte vor Wut und Verzweiflung und schlief ein.

»Du stinkst nach Schnaps, Klara.« Selma hob meinen Kopf auf ihren Schoß und fragte: »Was ist geschehen?«

Ich hätte es ihr besser nicht erzählt.

»Da ist also immer noch diese Frau«, sagte Selma.

»Das ist doch etwas ganz anderes.«

»Wegen ihr hast du dich betrunken. Was du sonst niemals tust.«

»Aber ...«

»Ich habe gesehen, dass du ein Bild von ihr ausgeschnitten hast.«

»Einen Artikel aus einer Zeitschrift.«

»Mit ihrem Bild. Und an die Wand geheftet. Ich dachte auch zuerst, es ginge dabei nur um Politik. Aber jetzt ...«

»Selma!«

»Das ist wohl unsere Tragödie, dass immer jemand zwischen uns steht«, sagte sie bitter.

»Aber sie ist doch gar keine Menschin!«

»Na und? Liebe ist Liebe.«

»Das ist Unsinn!«

»Und deine Politik steht auch zwischen uns! Und dein Fanatismus, eine Arbeiterin sein zu wollen. Mich bringt niemand mehr in die Fabrik! Freiwillige Sklaverei! Bist du noch bei Trost?«

»Aber ...«

»Fabrik und Politik. Wo ist das Leben?«, fragte sie. Und ich dachte: Hier bei dir. Wollte es sagen, aber sie hörte nicht auf: »Wie oft bist du bei deiner Partei? Was ist daran so großartig?«

»Es ist meine ...« Ich stockte.

»Na? Was denn? Sag es!«

»Aufgabe ...«

»Deine Familie. Was man schon daran sieht, dass Ernst es wagt, hier aufzukreuzen und dich zur Rechenschaft zu ziehen!«

»Nicht!«

»Und was ist mit Nosch? Die auch immer um dich herumscharwenzelt. Wie viel Macht hat die über dich?«

In die Ecke gedrängt, versuchte ich, den Spieß umzudrehen: »Und du? Hast du nicht auch noch ein anderes Leben?«

»Das hat doch keine Bedeutung. Ich war Matrosin auf hoher See. Und bin zu dir zurückgekehrt.«

»Von wo? Von wem?«

»Das hat doch keine Bedeutung!« Sie brach in Tränen aus. »Siehst du denn nicht, dass es immer nur um uns geht?«

»Wenn du Matrosin bist?«

»Das ist ein anderes Leben.«

»Siehst du!«

»Aber deins nicht! Deine Politik ist deine Leidenschaft, das spüre ich doch.«

»Es muss etwas geben, das uns erfüllt, einen Zweck und Sinn hat.«

»Ich genüge nicht? Leben allein genügt nicht?«

Was sollte ich darauf erwidern? Natürlich genügt das nicht, das weiß man doch, das wusste *sie* doch.

»Es wird dich noch umbringen! Ich habe solche Angst um dich!« Noch mehr Tränen.

»Was redest du denn da?«

»Du siehst doch, was sie mit deiner Ketty gemacht haben. Das wird auch mit dir geschehen, wenn du nicht stramm in der roten Front marschierst. Das tun sie doch mit allen, die ausscheren. Wieso willst du das nicht verstehen!«

»So wichtig bin ich nicht.«

»Ach, so wichtig bist du nicht? Und wenn du einmal wichtiger bist? Wird man dir dann das Messer in die Brust rammen. Ist das dein Ziel? Wichtig sein und sterben? Na, vielen Dank auch. Frag mal bei Jesus nach, wie es ihm ergangen ist, der kann dir was erzählen! Hat dir das dein Lenin-Gott ins Ohr geraunt, dass du am Märtyrerkreuz des Kommunismus dein Glück finden wirst?«

»Rede doch nicht so einen Unsinn!«

»Ach? Unsinn ist das? Geht es nicht die ganze Zeit ums Aufopfern? Für die Zukunft, fürs Proletariat, für die Partei, für die Fabrik, für die Arbeit. Ihr macht einen Kult aus der Arbeit! Aber ich sage dir eins: Lieber klaue ich Brieftaschen und beschwöre Schlangen, als mich für euren Arbeitskult zu erniedrigen. Ich will leben, nicht arbeiten, verdammt!«

Es waren Ohrfeigen, Faustschläge, Tiefschläge aus Worten.

Was sollte ich sagen? Jede Antwort wäre falsch gewesen, aber diese war es erst recht: »Wenn du so denkst und wenn du so etwas tust, dann kann das mit uns nicht sein.« (Und mir blitzte durch den Kopf, dass ich etwas Ähnliches schon einmal gehört hatte, aus dem Mund des Bibliothekars, kurz bevor ich floh: »… dann bist du nicht mehr meine Tochter ...« Und ich hatte es doch sein wollen und ihm in meiner Verzweiflung die Fingerkuppen hingehalten. Wie kann es sein, dass man alles, aber auch alles grundfalsch tut und sagt, immer wieder aufs Neue?)

Da stand sie auf, zog sich das Kleid glatt, ging zur Tür und nahm Mantel, Hut und Schal vom Haken. »Wenn das so ist, wenn ich deiner Moral nicht genüge, dann muss ich gehen.«

Und was ist mit deiner Moral und mir ..., dachte ich, aber da war sie schon aus der Tür.

»Selma!«

Ich blieb sitzen. War es eine Minute? Diese eine Minute, die ich nicht hinter ihr herrannte, die ich nicht nutzte, um sie festzuhalten, diese eine Minute war vielleicht entscheidend.

Die Entscheidung fiel zu spät. Ich rannte die Treppe hinunter.

»Selma!«

Zwei Tage lang suchte ich sie in diesem Urwald namens Stadt. Ich suchte sie unter Menschinnen und Matrosinnen, unter Kontrollmädchen und Tänzerinnen, unter Bürgerinnen und Träumerinnen, unter Schauspielerinnen und Sängerinnen. Ich traf Anton, der einst mit Jakob die Bürgerhäuser in Winterhude »aufsuchte«, mit dem ich einst verhaftet worden war. Er arbeitete als Kellner in der Bierhalle am Spielbudenplatz und kannte alles und jeden. Er versprach, sich umzuhören. »Sag ihr, sie MUSS zurückkommen!« Er versprach auch das.

Später hörte ich, dass er es ihr ausgerichtet hatte, als er sie zu später Stunde mit einem Homburg im Café Gröber entdeckte.

Da war ich schon so verzweifelt, dass ich Ernst alarmierte (ich war wirklich nicht mehr bei Besinnung). Er nahm es als Gelegenheit, mir versöhnlich gegenüberzutreten. Ja, und ich entschuldigte mich überdies für mein schlechtes Benehmen! Ich ging sogar so weit, ihm entgegenzuschleudern: »Wenn ich sie nicht haben kann, kann die Partei mich nicht haben.« Er schaute mich schief an, als könnte er das nicht glauben. Und blieb doch freundlich und beherrscht. Versprach, die Häuserzellen abzufragen. Sagte: »Ich werde mit Nosch darüber sprechen. Nosch hat viele Verbindungen.« Kurz stutzte ich – konnte ich ihm das wirklich glauben? Aber in tiefer Verzweiflung nimmt man jedes Angebot an, und sei es noch so vergiftet.

Einen Tag später (oder waren es zwei?) kam ich am Nachmittag zurück nach Hause, in jämmerlichem Zustand, kraftlos, zermürbt, apathisch. Käthe aus dem Erdgeschoss machte mir ein Zeichen (»Käthe mit den drei Bälgern von vier Vätern«, wie man hier scherzhaft sagt, dabei hab ich sie nie mit einem Mann gesehen).

»Ich soll es dir nicht sagen, sagt Gustav, aber deine blonde Freundin war hier.«

»Was!«

»Ich weiß nicht, was Gustav gegen sie hat …«

»Sie war hier?«

»Ja, oben bei … euch. Hat dich gesucht.«

»Wo ist sie jetzt?«

»Das weiß ich nicht. Na, ihr werdet sie schon finden. Zumal mit einem Automobil.«

»Automobil?« Ich war verwirrt. Starrte sie verständnislos an.

»Die Genossin, die aus Russland. Sie kam auch vorbei. Stieg aus, sprach mit Gustav. Fragte nach Ernst und nach ihr.«

»Nosch!«

»Sie sagte Gustav, er solle dir nichts sagen. Was Gustav mir sagte.«

»Das verstehe ich nicht.« Die Verzweiflung machte mich blind.

»Ja, eben, ich auch nicht.« Drinnen fing ein Kind an zu kreischen und Käthe wandte sich ab.

Ich rannte los, taumelte wie blind durch unser Viertel und fragte alle und jeden, ob ich sie nun kannte oder nicht. Man kann doch eine flachsblonde Schärenkönigin nicht übersehen!

»Ach, die Verräterin, die kleine Spionin von Ernst«, sagte Bruno, der vor dem Hochbahnhof Wagnerstraße Flugzettel verteilte.

»Spionin?«

»Sie sei ihm ›nützlich‹, hat er mal gesagt, als Nosch ihn darauf ansprach.«

»Was?«

»Wahrscheinlich hat sie immer noch ein schlechtes Gewissen wegen der dreißig Silberlinge vom letzten Oktober. Aber sie hat mit Emmy gesprochen da drüben.«

Ich starrte ihn verständnislos an. Was sollte dieses Gerede? Wer setzte solche Lügen in Umlauf? Ernst? Warum? Aber ich hatte keine Zeit, darüber nachzudenken.

Emmy aus der Gummiwarenfabrik verteilte ebenfalls Flugzettel. Sie sagte: »Klara, du vergeudest deine Zeit. Die hat sich abgewendet vom Proletariat, endgültig. Hat geschimpft über die Partei, uns alle. Sie war doch sowieso immer ein bisschen ... na ja, außen vor. Der Bourgeoisie mehr als zugetan, wenn du verstehst, was ich meine.«

Ich wollte schon empört widersprechen, da fügte sie hinzu: »Lass sie fahren. Reisende soll man nicht aufhalten. Wo will sie denn hin?«

»Wie bitte? Was meinst du damit?«

»Sie sagte: ›Ich fahre weg ... ihr könnt gerne schuften, ich erobere mir die Welt.‹ Schnippisch war sie schon immer.«

»Wohin denn? Und wann?«

»Vor einer halben Stunde etwa. Sie wollte ins Kaufhaus. Ist über die Straße rüber zu Heilbuth.«

»Danke!« Ich rannte los. »Lass sie doch, Klara …«, rief Emmy mir hinterher.

Im Kaufhaus stürzte ich von Stand zu Stand, von Abteilung zu Abteilung, stieg mit zitternden Knien die Treppen rauf und runter.

Damenmoden: »Ja, eine Dame, auf die die Beschreibung passt, ist hier gewesen. Sie hat mehrere Kleidungsstücke gekauft. Ja, eine ganze Menge sogar. Daher fragte sie meine Kollegin, ob wir auch Koffer führen. Tun wir leider nicht. Ich erinnerte mich dann, dass es in der Rönnhaidstraße ein Fachgeschäft gibt – Koffer-Schmidt. Da haben wir sie hingeschickt. Zwei Tragetaschen haben wir ihr mitgegeben, damit sie ihre Einkäufe transportieren kann. Will sie auf Weltreise gehen mit all den Sachen?« Das sagte die Verkäuferin im Scherz, aber mich versetzte es in Angst. Ich rannte weiter.

Bei Koffer-Schmidt kam ich atemlos an. Ein kleiner Laden, zwei Stufen nach unten. »Neuwaren – Reparaturen«. Im Schaufenster stapelten sich Koffer, Taschen, Tornister. »Nimm Koffer mit von Koffer-Schmidt!« Ein Plakat mit einer Eisenbahn, die vom Meer schnurstracks in die Berge dampfte. Ich fiel beinahe auf den Tresen. Dahinter beugte sich ein Mann mit Nickelbrille und einer langen blauen Schürze über das Schloss eines Überseekoffers. In der Hand hielt er ein zierliches kleines Ölkännchen, in der anderen ein Tuch.

»Bitte sehr?«

Mein Herz trommelte, meine Kehle schnappte nach Luft. Kurz wurde mir schwarz vor Augen. Ich fand mich wieder auf einem Stuhl neben dem Eingang. Der Mann schaute mich sorgenvoll an.

»Geht es?«

»Eine junge Frau, blond, mit zwei Tragetaschen … war sie hier?«

Er runzelte die Stirn. »Nun ... äh ... ja. Eben noch.«

»Wo wollte sie hin?«, schrie ich ihn an. Ich war nicht mehr bei Sinnen.

Er hob beschwichtigend die Hände. »Hören Sie ...« Schaute irritiert.

»Ist sie weg?«, fragte ich.

Mit einem Mal schien er misstrauisch. »Was haben Sie ... um was geht es denn, wenn ich fragen darf?«

»Sie ist meine Freundin! Ich muss sie finden! Aufhalten!«, schrie ich ihm ins Gesicht.

Er spähte zwischen seinen Kofferstapeln hindurch nach draußen.

»Hm ... hören Sie ...«

Ich krallte mich an seinem Arm fest. »Was ist denn?«

»Sind Sie allein gekommen?«

»Ja!«

»Zu Fuß?«

»Ja doch!«

»Also ...« Wieso zögerte er?

Hören Sie, ich brauche sie, ich kann ohne sie nicht ...« Was sollte ich ihm noch alles gestehen?

Er machte sich los und gestikulierte hilflos. »Es war ...«

»Hat sie einen Koffer gekauft?«, blaffte ich. Als käme es ausgerechnet darauf an.

»Das hat sie, ja. Sie hat ihre Kleider hineingelegt ... sehr hastig.«

»Und dann, wo wollte sie hin?«

»Wo sie hinwollte ...« Er zuckte mit den Schultern. »Ein Automobil fuhr vor ... eine schwarze Limousine.«

Ich verstummte. Mir verging aller Mut. »Nein ...«

»Aber ... sie sagte, sie könne keinesfalls vorne hinausgehen. Ob es einen Hinterausgang gebe. Ja, hab ich gesagt, das schon ... er führt auf den Ramborgersweg, und dort ... sie nahm den Koffer, hatte es eilig ... die Türen der Limousine gingen auf, aber es kam niemand hier herein ...«

Ich sprang auf. »Wo ist sie rausgegangen?«

Er deutete hilflos zu einem Durchgang hinter dem Tresen, vollgestellt mit Krempel und Kartons. Ich drängte mich vorbei, quetschte mich durch einen schmalen Zwischenraum, in dem es nach Mottenkugeln stank, riss beinahe die Klinke aus der Tür und stolperte in eine enge Gasse ...

»Selma!«

Sie lag auf dem Pflaster. Mit ausgebreiteten Armen. Ihre Beine zuckten. Sie schaute mich an. Neben ihr der Koffer.

»Selma, was ist?«

Kraftloses Lächeln.

Ich fiel neben ihr auf die Knie. Spitze Steine löcherten meine Strümpfe. Sie röchelte. Ihre Hand, kraftlos. Das grüne Leuchten ihrer Augen verblasste. Ich hob ihren Kopf an. Ein Schwall Blut ergoss sich über ihre Lippen. Sie hustete.

»Ich hab dich an die Politik verloren.«

»Nein! Selma!«

»Doch ...« Sie würgte. »Aber höre ... das mit Jakob und mir ... das war ernst ...«

Mein Herz erstarrte, alles in mir wurde zu Stein. »U-und ich?«, stotterte ich. »M-mit mir nicht?«

Ein Ruck ging durch ihren Körper. »Du Dumme ...« Sie spuckte Blut, viel Blut, immer mehr Blut ... und schloss die Augen.

Ich brach schluchzend über ihr zusammen. Klammerte mich so sehr an sie, dass die Tschakos Gewalt anwenden mussten, um mich von ihr zu trennen.

Erst als ich auf der Wache apathisch meine Unterschrift unter die Zeugenaussage setzen wollte, verstand ich, was sie gemeint hatte.

Das größte Glück und das größte Unglück, wie kann so etwas zusammenfallen?

Der Tschako sagte linkisch: »Was ist mit dem Koffer? Nehmen Sie ihn mit?« Er dachte, er gehöre mir.

Apathisch schleppte ich das Ding nach Hause, zu *ihr* nach Hause, in *ihre* Dachkammer.

Was nun? Soll ich mich etwa auch ermorden lassen?

Ich bändigte den wilden, heißen Aufruhr in mir. Und schmiedete daraus eine kalte, stählerne Entschlossenheit. Dann ging ich los.

Vor dem Parteibüro stand eine schwarze Limousine. Nosch saß hinter dem Schreibtisch und schrieb. Als ich eintrat, schaute sie auf, starrte mich durch ihre hässliche Brille mit dem schwarzen Rand an und verzog mitleidig das Gesicht. So falsch konnte nur sie dreinblicken. Sie schrieb weiter und fragte wie beiläufig: »Gibt es etwas Neues?« So bodenlos frech und unmenschlich konnte nur sie sein! Oder wusste sie nichts? Dachte, ich wüsste nichts?

Ich überraschte sie: »Ich war im Krankenhaus bei Ketty.«

»Wie ...?« Nun legte sie endlich den Federhalter beiseite.

»Hast *du* den Auftrag gegeben?«

»Welchen Auftrag?«

»Sie mundtot zu machen!«

»Unsinn!« Es stand ihr ins Gesicht geschrieben, dass sie log. »Verbrechen begehen unter dem Deckmantel der Partei«, sagte ich abfällig. Und fügte giftig hinzu: »Mörderisches Gesindel seid ihr.« Ich war eiskalt, ohne irgendein Gefühl. Und ohne Moral, jetzt auch ich. Nicht viel hätte gefehlt und ich hätte mich auf sie gestürzt und sie erwürgt. Ihr Blick wanderte zum Fenster: »Von wem sprichst du? Und von was?« Etwas zuckte in ihren Mundwinkeln, als müsste sie ein höhnisches Grinsen unterdrücken, als wollte ein innerer Teufel aus ihr hervorbrechen und freiweg die schlimmsten Verbrechen gestehen.

»Ich habe deine Limousine in der Rönnhaidstraße gesehen. Du bist vorgefahren bei Koffer-Schmidt.«

Ein dunkler Schatten legte sich über ihr Gesicht. »Du warst da?«

»Ich habe alles gesehen«, log ich.

»Das tut mir leid für dich.« Ganz sachlich.

»Es wird die Tschakos interessieren …« Es war eine schwache Drohung, das wusste ich. »Auch das mit Ketty.«

Sie schüttelte bedächtig den Kopf. »Wohl kaum.« Woher nahm sie diese Sicherheit?

»Es wird hohe Wellen schlagen. Die Partei ist erledigt!«

»Du überschätzt die Sache, Klara.«

»So viele Morde! Und mein Glück zerstört! Warum?« Ich bebte.

Sie nahm ihre Brille ab und stand auf. »Nun gut, du verdienst eine Erklärung. Und meine Entschuldigung. Ich konnte es nicht verhindern. Es tut mir leid. Es war so unnötig …«

»Unnötig!!?«

»Ernst ist sehr krank.«

»Krank? Was soll das heißen?«

»Eine Diagnose kann ich dir nicht liefern. Ich denke selbst noch darüber nach, wie er darauf verfallen konnte …«

»Worauf denn!!?«

»Er hat in der Schmelze ein Gerät … gebastelt. Vielleicht auch mehrere. Er hatte eine Form, in der er die Rohlinge gießen konnte. Um sie anschließend zu schleifen und zu schärfen, bis sie so spitz und glatt und fein waren, dass er damit stechen und schneiden konnte, ohne dass seine Opfer es sofort bemerkten. Nur ein kleiner Riss in der Haut, als hätte man sich versehentlich geritzt. Scheinbar hat es ihm eine kranke Lust bereitet, Frauen und Mädchen, die ihm übermächtig erschienen …«

»Übermächtig?«

Sie verzog das Gesicht. »Was glaubst du wohl, warum die Männer uns beherrschen wollen? Weil sie die Macht der

Frauen nicht ertragen. Die erdrückende Umarmung der Mutter, die sklavische Gier nach der Geliebten, die erniedrigende Abhängigkeit von der Frau, die Gefühle und Schwächen erzeugt, die unwillkommen sind. Sie sind gefesselt davon, gefesselt zu sein. Ernst wollte diese Fesseln zerschneiden, der Arme.«

»Der Arme!!?«

»Er hat sehr eigenwillige Vorstellungen von Moral und Frauen.« Sie seufzte. »Wenn es das nur wäre, schlimm genug. Aber er ist krank ... eine extreme Ausformung ... wie soll ich es erklären?«

»Krank? Er ist doch wahnsinnig!«

Sie lächelte säuerlich. »Willst du ihn in der Irrenanstalt abliefern?«

»Ich will ihn zur Rechenschaft ziehen! Er hat mein Leben zerstört und meine Liebe! Als Nächstes wird er mich umbringen.«

»Keine Sorge, Klara, er hat sich beruhigt.«

»Er hat sich beruhigt?« Ich starrte sie entgeistert an. »Ist das alles, was du dazu sagen kannst?«

»Ja.«

»Muss ich ihn töten, damit das alles vorbei ist?«

»Nein.« Sie schaute mich eindringlich an. »Besinne dich, Klara. Du hast noch alles vor dir. Ein ganzes Leben. Die Welt braucht dich. Und die Partei braucht Frauen wie dich!«

»Frauen wie mich? Wirklich? Und wieso? Und vor allem: Brauche ich die Partei?«

Sie schaute mich an und nickte: »Geh nach Hause, Klara. Ruh dich aus.«

»Das kann ich nicht!!« Schreiend brach ich zusammen.

Sie fand eine Genossin aus der KJD, die mit mir ins Kino ging. Ich weiß nicht, welchen Film wir sahen. Ich weiß nicht, worüber wir sprachen. Ich weiß nicht, wie spät es war, als ich nach Hause kam. Aber ich weiß, dass uns ein Schatten folgte. Zuerst uns, dann mir. Zuerst auf der Straße, dann durch die Gasse. Durch den Hof. Genietete Stiefelsohlen. So sicher fühlte er sich. So sehr drängte es ihn. Im Treppenhaus klopfte ich bei Gustav. »Da ist einer, der mir folgt.« Gustav ging nach draußen, lief durch Hof und Gasse. »Da ist keiner.«

In der Dachkammer hockte ich hinter der Tür und horchte. Waren da Schritte? Kam er hoch? Hörte ich da ein Schnaufen?

Ein Messer in der Hand, ziehe ich die Tür auf. Dunkelheit. Der Mond wirft weißen Glanz durchs Oberlicht. Ich steige die Treppe hinunter auf nackten Sohlen im Nachthemd, das Messer in der erhobenen Hand. Ich ziehe die Haustür auf, spähe in den Hof. Kommt er heute noch nach Hause? Wird er sich daran erinnern, dass er vergessen hat, meine Fingerkuppen zu ritzen? Ich laufe zur Durchfahrt. Stehe da und horche und starre in die Dunkelheit. Alle Lampen wurden gelöscht. Nur der Mond ist mir noch eine Hilfe. Ein Schatten biegt um die Ecke. Eine schwarze Limousine. Die Scheinwerfer ausgeschaltet. Knirschende Reifen. Wie ein Raubtier schleicht der schwarze Schatten sich näher.

Ich drehe mich um und laufe. Schlage mit den Fäusten gegen Gustavs Tür. Niemand öffnet. Niemand hört. Meine Fäuste schlagen durch das Holz hindurch, da ist kein Widerstand und kein Geräusch. Die Welt ist stumm. Ich steige die Treppe hinauf. Mit jedem Schritt wird es schwerer. Mit jedem Schritt werde ich langsamer. Ich rufe. Kein Laut kommt über meine Lippen. Alle Türen sind verschlossen. Der Mond sagt leise: Komm, Klara, schnell! Aber ich kann nur langsam hinaufsteigen. Jede Stufe ist eine Qual. Die Limousine biegt ins Treppenhaus. Fährt hinter mir hinauf. Leise, dass es niemand hört. Die dunklen Scheinwerfer stieren mich an.

Ich wachte auf und hörte lautes Schnaufen. Mein eigener Atem. Mein Herz pochte so stark, als würde jemand von innen mit Fäusten gegen meinen Brustkorb hämmern. Nietensohlen auf der Treppe. Ich sprang auf. Der rettende Gedanke: Die Luke!

Hastig zog ich den Mantel über, griff nach Selmas Koffer und schob ihn aus dem Spalt aufs Dach. Kletterte hinauf, hindurch. Die Strümpfe zerrissen auf der Kante, ich schlug mir die Knie auf den rauen Ziegeln blutig. Taumelte über das schräge Dach, stieg eine Leiter hinab aufs Nebengebäude. Noch ein Haus weiter! Der Koffer prallte krachend gegen einen Schornstein. Ein Dachziegel löste sich, glitt die Schräge hinab. Die Luke zum Treppenhaus stand offen. Ich ließ den Koffer fallen. Es krachte, als er unten aufkam. Dann fiel ich selbst hindurch. Kam auf wie eine Katze. Trampelte in wilder Panik das Treppenhaus hinunter, sprang. Der Koffer rammte das Geländer, ein Pfosten splitterte, ein Brett zerbrach. Ist mir egal, und wenn die ganze Welt kaputtgeht, ich will nur fort, fort, fort!

Im ersten D-Zug nach Berlin saß ich auf harter Bank mutterseelenallein in einem Abteil. Wusste nicht, wohin und was ich wollte. Schlief ein, den Koffer auf den Knien. Man muss wohl eher von einer Ohnmacht sprechen. Erst als ich erwachte, wurde mir bewusst, dass es Selmas Koffer war, auf den ich meinen Kopf gebettet hatte. Ich legte ihn auf die Bank gegenüber, starrte ihn an. Ockergelb, aus Pappe, Fischgrätmuster, Messingbeschläge, nagelneu. Ich ließ die Schlösser aufschnappen. Klappte den Deckel hoch. Da lagen, sorgsam gefaltet, ihre neuen Kleider. Eingeschlagen in Seidenpapier mit der Aufschrift »Heilbuth – Moden«. Ich nahm sie heraus und legte sie um mich herum auf die Sitze, hängte oder legte sie an Haken, in die Hutablage. Schaute mir alles an. Kleid, Nachthemd, Spitzenhöschen, Hemdchen, Strümpfe, Blusen, ein Halstuch, Hausschühchen, ein

Glockenhut, ein Jäckchen, ein Rock, ein Jumper, cremefarbene Handschuhe, ein Flakon Parfüm – alles fein und neu und schön. Damit kommt eine Dame von Welt ein Stückchen weit voran ... bis der nächste Homburg seine Börse öffnet und ein neuer Koffer fällig wird ...

Ich klappte den Deckel zu und ließ die Schnallen einschnappen. Hob den Koffer an, um ihn ins Gepäcknetz zu legen. Da krampfte sich alles in mir zusammen, ich krümmte mich und keuchte und würgte und schrie einmal laut auf. Der Koffer fiel zurück auf die Bank. Ich riss das Fenster auf. Der kalte Fahrtwind schlug mir erlösend ins Gesicht. Ich packte den Koffer, hob ihn über den Kopf und schleuderte ihn nach draußen. Es folgten Kleid, Nachthemd, Spitzenhöschen, Hemdchen, Strümpfe, Blusen, Halstuch, Hausschühchen, Glockenhut, Jäckchen ...

Da wurde die Tür des Abteils aufgerissen und der massige Schaffner brüllte: »Nee, nee, Fräulein, jetzt ist aber Schluss. Sofort aufhören damit! Was glauben Sie denn!?«

Ich hielt schon den Rock in der Hand und warf ihn hinterher. Er packte meine Arme, hielt mich fest. Ich schrie: »Aufhören! Lassen Sie mich!« Riss mich los, zerrte den Jumper vom Haken und warf ihn durchs Fenster. Er flatterte davon wie eine Fledermaus.

»Schluss damit!« Er drängte sich an mir vorbei und schob das Fenster zu, als ich gerade nach den Handschuhen gegriffen hatte. Umklammerte meine Handgelenke und spuckte mir Drohungen ins Gesicht: »Das wird ein Nachspiel haben!«

Ich schrie: »Lassen Sie mich los! Sonst muss ich Sie erwürgen! Noch ein Wort und ich werde Sie erwürgen! Ich töte Sie! Sie gemeines Schwein!« Er stieß mich auf die Bank. Hielt mir einen Vortrag über Beamtenbeleidigung, Bedrohung, Konsequenzen ...

Letztlich folgte nichts weiter, als dass ich an der nächsten Station aussteigen musste. Wittenberge. Ich weiß nicht mehr, wie viele Stunden ich apathisch im Wartesaal saß. Dann irrte ich durch die Bahnhofshalle. Nur eine Frage im Kopf: Was tun? Und keine Antwort ...

Da fiel mein Blick auf die Schlagzeile der »B.Z. am Mittag«: »FENSTERSTURZ – KOMMUNISTENFÜHRER TIEF GEFALLEN – SENSATIONELLE AUFKLÄRUNG RÄTSELHAFTER BLUTTATEN«. Ich riss das Blatt aus der Halterung, warf dem empörten Verkäufer das Doppelte des Preises hin und eilte davon. Auf einer Bank vor dem Bahnhofsgebäude las ich, wobei mir die Buchstaben vor den Augen verschwammen: »Sprung aus dem vierten Stock ... sofortiger Tod ... Hamburger Kommunistenführer ... Bezirk Barmbek ... Genickbruch ... Selbstmord ... Abschiedsbrief, ein Geständnis ... Frauenmorde ... der mysteriöse Schnitter ... der Ripper von Hamburg ... Bekenntnis ... getrieben von unbändiger Mordlust ... zahlreiche Opfer ... selbstgefertigtes Mordinstrument ... bestialische Taten ... Hass auf das weibliche Geschlecht und Homosexuelle ... Liste seiner Taten ... Empörung und Erleichterung in der Hansestadt ... Täter war Anführer beim blutrünstigen Aufstand der Barmbeker Kommunisten ... man muss sich die Frage stellen, wessen Ungeistes Kinder diese irregeleiteten Weltverbesserer sind ...«

Ich fuhr zurück nach Hamburg.

Am nächsten Tag im Parteibüro sagte Bruno: »Nosch wurde nach Moskau beordert. Sie hat in Windeseile die Sachen gepackt und ist in ihre schwarze Limousine gestiegen.«

Wir sollten nie mehr etwas von ihr hören.

Ein anderer Ernst übernahm die Leitung.

# Wieder im Keller

»Sie waren zu zweit«, sagte Gustav. Der eine ein Kriminaler mit Ausweis. Dem hätte er schlecht die Tür weisen können. Der andere ein dünner Mann mit eng stehenden Augen, Regenmantel, breitkrempigem Hut. Die Hände immer in den Manteltaschen. Schuhe mit Gummisohlen. Er habe den Inspektor reden lassen. Der habe nach mir gefragt. Die Beschreibung habe auf mich gepasst.

»Was sollte ich tun?«, sagte Gustav. Er ist sowieso ein Feigling.

»Wofür ist denn die Hauszelle da?«, fragte ich. »Kann man da nicht mal kurz Kante zeigen?«

»Die waren doch alle auf der Arbeit.«

»Und die Frauen?«

Da glotzte er mich verständnislos an.

»Typisch«, sagte ich. »Immer vergesst ihr die Frauen. Die hätten niemals zugelassen, dass diese Kerle mein Zimmer betreten.«

»Sich gegen die Kripo stellen?«

Ich verstand jetzt, warum sie ihn aus dem Rotfrontkämpferbund rausgeschmissen hatten. In seinem Innern kümmerte ein sozialdemokratisches Gemüt vor sich hin.

»Dann muss ich mit Hans reden«, sagte ich. Hans war zurück aus dem Zuchthaus. Begnadigt wegen guter Führung.

Gustav hob hilflos die Schultern. Ich schaute ihn an.

Inzwischen habe ich gelernt, kaltschnäuzig zu sein. »Gibt's noch was?«

Sein linkes Auge zuckte. »Nein … es tut mir leid.«

»Mir auch. Geh.«

Er schloss leise die Tür und stieg bedächtig die knarrenden Stufen hinab.

Ich schaute mich um. Sie hatten kaum etwas angerührt. Das immerhin musste man Gustav zugutehalten. Seine Anwesenheit hatte verhindert, dass sie mein Zimmer plünderten.

Ein gutes halbes Jahr muss ich noch überstehen, dann bin ich das, was man in dieser Welt »volljährig« nennt. Auf Paragraf drei kannst du dich nur berufen, wenn es keinen Widerspruch gibt … dem Bibliothekar wären viele Widersprüche eingefallen, um zu verhindern, dass ich schon mit 18 freigesprochen werde.

Na schön, ich weiß mich meiner Haut zu wehren.

Ich zog wieder runter in den Keller. Tauchte unter. Das Loch war frei geworden, nachdem eine vierköpfige Familie es nicht mehr aushielt in dieser kalten, feuchten, schimmeligen Höhle. Man könnte hier Champignons züchten, aber wahrscheinlich wären sie giftig.

Wenn das Wetter gut ist, kann ich mich auf dem Roten Platz herumtreiben. Und manchmal eine freundliche Umarmung einheimsen von den Mädels, die meinen, ich sei »einfach die Beste«, weil ich die Jugendgruppe so gut im Griff habe und dafür sorge, dass Spiel und Spaß nicht zu kurz kommen. Wir haben jetzt auch eine Kabarett-Gruppe, immerhin.

Die Barrikaden sind in weite Ferne gerückt.

Sie sind wiedergekommen. Und diesmal haben sie keinen Gustav um Erlaubnis gefragt. Sie haben mein Kellerloch verwüstet und meine Aufzeichnungen durcheinandergeworfen, mein Leben zerrissen. Die Tinte ausgekippt, den Federhalter zerbrochen.

Aber ... wer? Man hat nur dunkle Gestalten gesehen. Am Abend, als ich mit den Proben zu unserem Stück in der Turnhalle des Arbeitersportbunds beschäftigt war. Wussten sie das?

Sie haben die Zimmertür eingeschlagen, dabei hätte ein kleiner Schubs genügt. Sie sind hereingetrampelt, haben die Kiste umgeworfen und mit gierigen Händen nach den Kladden gegriffen, die Seiten zerknickt, zerknüllt, zerrissen. Ihre dreckigen Stiefel hinterließen Schmutzspuren auf dem Boden.

Ich drehte die Kiste um, in der meine Kladden gelegen hatten. Warf die Überreste hinein. Packte meine wenigen Habseligkeiten. Bändigte meine Angst. Nahm einen neuen Federhalter zur Hand.

Hans sagte: »Du könntest bei uns unterkommen. Wir haben noch ein Zimmer frei. Thea hat nichts dagegen. Im Gegenteil, wir freuen uns. Das Zimmer liegt hinten ... man müsste also erst mal unser Schlafzimmer durchqueren.«

»Bei euch in der engen Wohnung, und mit den zwei Blagen?«

»Wir rücken zusammen.«

»Es wäre Flucht, ein Eingeständnis meiner Angst.«

»Die Angst bringt dich dazu, der Gefahr aus dem Weg zu gehen.«

»Die Feigheit bringt dich dazu, für immer zu fliehen.«

»Du übertreibst, Klara.«

»Es geht um meine Selbstachtung.«

»Denk noch mal darüber nach.«

Ich schüttelte entschieden den Kopf. »Es könnte doch sein, dass Nosch sie geschickt hat.«

Er schaute mich verwundert an.

»Würdest du ihren Leuten so entschieden entgegentreten wie den Tschakos und den Noskiden?«

Nun war er verunsichert. Er zögerte. Dann: »Ich könnte dir einen Revolver geben.«

»Gut.«

Abend für Abend rekonstruiere ich meine Erinnerungen, schreibe neu, was mir gestohlen wurde. Individuelle Wiederaneignung. Der Revolver liegt neben dem Tintenfass.

Die Melancholie des Novembers. Es ist kalt geworden. Ich habe den Mantel herausgeholt.

Als ich die Hände in die Taschen schob, stieß ich auf unerwarteten Widerstand. Ich zog ein paar cremefarbene Handschuhe hervor. Von Selma! Ich hatte alles aus dem Zugfenster geworfen, nur die Handschuhe nicht.

Ich streife sie über. Sie passen mir. Nun kann ich die Welt auf neue Art ertasten. Hand in Hand mit Selma.

# Anmerkungen

Einige Passagen aus Schriften von Ketty Guttmann finden im Text Verwendung:

S. 5: »Kennwort: Der goldene Apfel«, autobiografische Prosa, unveröffentlicht

S. 24 und S. 27: »Der Pranger« Nr. 1, 9. November 1920

S. 31: sehr kurze Zusammenfassung ihrer Rede vom 6. April 1921 während der 21. Sitzung der Hamburger Bürgerschaft

S. 112ff.: knappe Zusammenfassung des Inhalts der Broschüre »Los von Moskau!«, geschrieben für die AAU (E), Ortsgruppe Groß-Hamburg, 1924

S. 117: »Der Pranger« Nr. 1

S. 129f.: »Kennwort: Der goldene Apfel«

S. 135f.: Brief an Ruth Fischer, 1947

Leben, Wirken und Werk der radikalen Feministin und streitbaren Kommunistin Ketty Guttmann (1883–1967) sind mittlerweile Objekt der historischen Forschung, manches liegt (noch) im Dunkeln. Über den aktuellen Stand informiert der biografische Eintrag in der deutschen Ausgabe von Wikipedia, der ständig ergänzt und fortgeschrieben wird.

Ihr Auftritt in diesem Roman ist weitgehend fiktiv. Sie war (so weit folgt der Roman der Wirklichkeit) nicht am Aufstand in Barmbek im Oktober 1923 beteiligt.

# Robert Brack bei Edition Nautilus

**Historische Kriminalromane um Klara Schindler:**

**UNTER DEM SCHATTEN DES TODES (2012)**
Broschur / 224 Seiten / ISBN 978-3-89401-752-1
Ende Februar 1933 sitzt Klara Schindler in einem Nachtklub in Kopenhagen, als der Berliner Reichstag in Flammen aufgeht. Von der KPD wird sie mit falschen Papieren nach Berlin geschickt, um herauszufinden, wer der angebliche Brandstifter Marinus van der Lubbe wirklich ist.

**BLUTSONNTAG (2010)**
Broschur / 256 Seiten / ISBN 978-3-89401-728-6
Am sogenannten Altonaer Blutsonntag kam es 1932 bei einem großen Aufmarsch der SA und SS durch das traditionell rote Altona bei Hamburg zu gewalttätigen Auseinandersetzungen mit 18 Toten. Klara Schindler deckt Vertuschungen der Polizei auf und entschließt sich, ein Zeichen des Widerstands zu setzen …

**UND DAS MEER GAB SEINE TOTEN WIEDER (2008)**
Broschur / 224 Seiten / ISBN 978-3-89401-574-9
Der Roman erzählt die wahre Geschichte eines Hamburger Polizeiskandals aus dem Jahr 1931, dessen Umstände nie aufgeklärt wurden: Zwei Polizistinnen sind angeblich freiwillig in den Tod gegangen. Hielten sie die Machtkämpfe innerhalb der »Weiblichen Kriminalpolizei« nicht aus oder wurden sie ermordet?

»Bracks faktenstarke Fiktion erhellt ein Stück Polizei- und Frauengeschichte, das so noch niemand sah.«
*Tobias Gohlis, Die Zeit*

www.edition-nautilus.de